JN314326

「外部」遭遇文学論

ハーン・ロティ・猿

大貫 徹

新曜社

「外部」遭遇文学論——ハーン・ロティ・猿　目次

装幀――虎尾　隆

はじめに

　英国の作家H・G・ウエルズ（一八六六―一九四六）に『タイムマシン』（*The Time Machine* 一八九五年）[1]という有名な物語がある。物語の粗筋については今さら言うまでもないだろう。「時間旅行家」（Time Traveller）はタイムマシンを未来へ、未来へと走らせ、その結果、西暦八〇万二七〇一年という途方もない未来世界に辿り着く。そしてそこで「時間旅行家」が見たものは、退化しつつある人類「エロイ」が住む地上の世界と、もうひとつ、一切の人間らしさを失った「モーロック」が住む地下の世界であり、そしてそこには「エロイ」が実は「モーロック」の家畜であったというおぞましい状況があったのだ……。こうしたことに加えて、そこに恋あり、死闘あり、さらには悲しい別れがあるというのだから、まさに大衆娯楽小説のお手本のような物語である。ところで、この物語の最後にエピローグと題された短い章があり、そこで語り手「私」は、再び時間旅行に出かけた「時間旅行家」がいつまで待っても戻ってこないと嘆きながら、以下のように語っている。

このようすでは一生涯待つことになるかもしれない。「時間旅行家」が姿を消して三年になる。そして、皆が知っているように、未だに彼は還らないのである。

（中略）

戸惑うばかりだ。「時間旅行家」が戻ってくるようなことがあるだろうか。彼は大昔に逆戻りして、旧石器時代の血に飢えた毛むくじゃらの野蛮人に捕まってしまったのだろうか。それとも、白亜紀の深海の底か、ジェラ紀のグロテスクな蜥蜴《とかげ》や巨大な爬虫類《はちゆうるい》の中へ飛び込んでしまったのだろうか。今も――「今も」という言葉を使えるとすればだが――彼は長頸竜《ちようけい》の生息する魚卵岩状の珊瑚礁《さんごしよう》（Oolitic coral reef）の上や、三畳紀《さんじようき》のもの寂しい塩湖のほとりを彷徨《さまよ》っているのかもしれない。（七五頁）

ここで語り手は「時間旅行家」が帰還しないことに戸惑い、何らかの事故にあったのではないかと考えている。つまり「時間旅行家」は帰還する気があるにもかかわらず、何かの事情でそれができないと想像しているのだ。しかしそうだろうか。そもそも「時間旅行家」自身がすでに帰還する気持を失っていると考えることもできるのではないだろうか。もちろん本当のところはわからない。語り手が言うように「毛むくじゃらの野蛮人に捕まってしまった」と想像することもできるだろうし、あるいは未知の世界の探検に夢中となり、時間をまったく忘れていると考えることもできるだろう。しかし筆者には「時間旅行家」が帰還する気持をすっかりなくしてしまったという気がしてならないのだ。というのも「時間旅行家」は、物理的な意味でも精神的な意味でも、あまりにも遠くに行きすぎてしまって、見てはならないものを見てしまったと思われるからだ。以下は「時間旅行家」が旅の最後に遭遇した場面である。

> 暗黒が急速に広がっていった。(中略)海岸にひたひたと打ち寄せる波の音だけが辺りに聞こえていた。こうした音を除けば世界は静寂だった。静寂? いや静寂という言葉でもあの静けさを想像してもらうのは難しい。人間の声、羊の鳴き声、小鳥のさえずり、虫の音、そういった、僕らの生活を織りなしているいろいろなものは一切聞こえなかった。(中略)次の瞬間、見えるものは青白い光を放ついくつかの星だけだった。それ以外は闇が万物を覆い尽くし、空さえも漆《しっ》黒《こく》の暗闇と化した。(中略)気分が悪く、困惑しているとき、再び赤い海が寄せてくる砂州の上を何か動いている物が見えた。それはたしかに何か動く物体であった。丸いフットボール、いやそれよりも少し大きめな物体で、何本もの触覚が上から垂れ下がっていた。うねる赤い海を背景に黒く見えるその物体は、気まぐれにピョンピョンと跳びはねていた。僕は今にも気を失いそうだった。しかし、あの遠い未来の、恐ろしい薄明の世界にたったひとりでいることの恐怖を思い、何とか気力を振り絞って、タイムマシンによじ登った。(七〇—七一頁)

このときは気丈にも「何とか気力を振り絞って」脱出する。しかしピョンピョンと跳びはねている不気味なものを「遠い未来の、恐ろしい薄明の世界にたったひとりで」眼にした人間がそのまま何ごともなかったかのように戻って来て、再び安楽のロンドン生活が送れるであろうか。考えるまでもない。「時間旅行家」はあまりにも遠くに行きすぎてしまったのである。あまりにも遠くに行きすぎて、見てはならないものを見てしまったのだ。もちろん、これは極端な場合である。だれもがタイムマシンに乗れるわけではないからだ。しかし見てはならないものを眼にすること、このことは、程度の差こそあれ、日常世界でも起こり得ることではないだろうか。その典型が、言うまでもなく異国に赴いた場合であろう。たとえば一九九〇年から二〇〇五年頃にかけて、岩波書店から次々に刊行された『十七・十八世紀大旅行記叢書』(全二十一巻)にはそうした例が数多く記述されている。面白いのは、この厖大な旅行記が刊行されていた時期とほぼ同じ頃に、同じ出版社から『ユートピア旅行記叢書』(全十五巻)と題して、まさにタイトルどおり、作り物の大旅行記が順次刊行されたことである。大航海時代以降、それこそ虚実取り混ぜて書かれてきた数多くの旅行記が今日でもこのように刊行され続けていること自体、人々がいまでも異国体験を熱心に求めていることを示しているだろう。自分でそうした体験ができない分、いわば他人が体験してくれた遠い異国の旅行譚を熱心に読み、そうすることで潜在的に異国体験を味わっているということであろうか。そうしたなかでたとえば進化論で有名なチャールズ・ダーウィンが『ビーグル号航海記』(一八四五年)のなかで記したフエゴ人に関する記述などは、『タイムマシン』ではないが、やはり「見てはならないものを見てしまった」若き博物学者ダーウィンの痛切な思いが込められているのではないだろうか。
　こんなあわれな、不幸な者どもは、成長も十分でなく、いまわしい顔は白い塗料でぬり散らされ、皮膚は汚なく脂ぎり、髪はちぢれて入り乱れ、声は調子外れで、動作は粗暴だった。こんな人間を見たものは、彼らがわれわれの同類で、同じ世界の住民だとはほとんど信じられまい。(2)

　近代日本に限っていうならば、岩波文庫全五巻に収められた久米邦武編『特命全権大使　米欧回覧実記』や『新日本古典文学大系　明治編第五巻』(岩波書店)に収められた『海外見聞集』(そこには栗本鋤雲『暁窓追録』、成島柳北『航西日乗』、森鷗外『航西日記』などが収録されている)などはその典型であろうし、またこうした旅行記を実に面白くまとめたものとして、比較文化史家芳賀徹の名著『大君の使節――幕末日本人の西欧体験』(中公新書、一九六八年)がある。そうしたなかでやはり秀逸は福沢諭吉が記した旅行体験記ではないか。ダーウィンのような悲壮感はないが、しかし異質な存在に出くわしたことへの思いがよく伝わってくる。

　ところが此方《こっち》は一切万事不慣れで、例えば馬車を見ても初めてだから実に驚いた。そこに車があって馬が付いて居《お》れば、乗物だということは分りそうなものだが、一見したばかりでは一寸《ちょい》と考えが付かぬ。ところで、戸をあけて這入ると馬が駈け出す。なるほどこれは馬の挽《ひ》く車だと初

めて発明するような訳け。(3)

あるいは逆に異国から何者かがやってくる場合もあるだろう。やってくるだけではなく、連れてくるということも含めていえば、R・D・オールティックが一九七八年に刊行した『ロンドンの見世物』(日本語訳は小池滋監訳で国書刊行会から全三巻として一九八九年から翌年にかけて刊行された)に勝るものはないだろう。とりわけその第十九章、第二十章に描かれた異人たちの列挙にはただただ圧倒されるばかりである。再び話を日本に限るならば、たとえば英国人タイモン・スクリーチが一九九五年に著わした『大江戸異人往来』には異人たちに驚く江戸の人たちの姿が実に生き生きと描かれている。

江戸のオランダ人は日本橋近くの本石町にあった長崎屋という(中略)特につくられた建物に逗留した(中略)。多くの人間が長崎屋を見物にやって来た。トゥーンベリ(同道したスウェーデン人医師・植物学者＝引用者注)の言うには、「道に面しているのだが、道に子供たちのいないことさらになく、少しでも我らの姿を認めるたびに大声で何か叫ぶのみか、むかいの家々の壁によじのぼってまで我らを見ようとした」のだそうだ。(4)

その一方で、国境を越えない場合でも、似たような事態に遭遇することがある。たとえば松原岩五郎の『最暗黒の東京』（一八九三年）や横山源之助の『日本の下層社会』（一八九九年）に描かれた世界などは、そうした場合の代表例である。

> 日は暮れぬ、余が暗黒の世界に入るべく踏出しの時刻は来《きた》りぬ。（中略）町家を俛《くぐ》りて一歩この窟《うち》に入り込めば、無数の怪人種等は、今しも大都会の出稼《でかせぎ》を畢《おわ》りて或る者は鶴嘴《つるはし》を担《かつ》ぎ、或る者は行厨《べんとう》を背負《せお》い、或者は汗に塩食《しおばみ》たる労働的衣服を纏《まと》い（中略）三人五人ずつ侶《とも》をなして帰る（以下略）[5]

これは『最暗黒の東京』の冒頭近くの一節である。「余」は、それまでとは異なる世界、それをここでは「暗黒の世界」と称しているが、その、もうひとつの世界に入り、そこで「無数の怪人種」と遭遇したという次第である。ここには、ダーウィンがフェゴ人に向ける視線とそれほど変わらない視線があるように思う。その意味で、国境こそ越えてはいないものの、これもひとつの異国体験と言っていいだろう。そしてこうした体験のもっとも究極的なものが、亡霊との出会いという意味での、いわゆる異界体験である。内田百閒の傑作短編集『冥途』（一九二二年）などはそうした例の最たるものであろう。漱石の初期短編やいわゆる小品にもそうした話が溢れていることは多くの人が述べていることだ。ここに藤枝静男が一九六六年に発表した「一家団欒」という短編を加えてもいいだろう。

こうしたいくつかの例をひもとけば明らかなように、異形な存在、異質な存在と思わず遭遇してしまった場合、そこでは実にさまざまなことが生じる。あるものはそこからひたすら逃げようとするだろう。ラフカディオ・ハーンによって取りあげられた物語「むじな」（『怪談』所収）などはその典型である。東京赤坂の紀伊国坂《きいのくにざか》の途中で思わぬことから、のっぺらぼうの顔を見た男は、びっくり仰天し、それから逃れようと、坂を上の方へ、上の方へと無我夢中で駆け上がる。遠く方でかろうじて提灯《ちょうちん》の灯りが見えたのでほっと一安心し、ようやく逃げのびたと思った瞬間、再びのっぺらぼうに出くわすという話である。あるいは逆にそうした存在に親近感を抱き、それと一体化しようとするものもいるだろう。先にも触れた内田百閒の「冥途」（短編集『冥途』所収）には亡霊への懐かしさが溢れている。以下は父らしき亡霊と遭遇した「私」がその声を耳にする場面である。

その声が次第に、はっきりして来るにつれて、私は何とも知れずなつかしさに堪えなくなった。私は何物かにもたれ掛かる様な心で、その声を聞いていた。(6)

声がはっきりするにつれて「私」はなつかしさを覚え、やがて、父らしき亡霊に「もたれ掛かる様な」心持ちとなる。まさに亡霊と一体化しようとしている状況である。この話では結局、亡霊は離れて行ってしまうのだが、残された「私」はなつかしさで一杯となり、思わず涙を流すのである。

「お父様」と私は泣きながら呼んだ。
けれども私の声は向うへ通じなかったらしい。みんなが静かに立ち上がって、外へ出て行った。(7)

こうした例もあれば、逆にそこから逃げようとは思うものの、結局は逃げ切れず無惨に殺されてしまう場合もあるし、さらには、殺されないまでも、精神的に変容をきたしてしまう場合もある。ジョナサン・スウィフト(一六六七—一七四五)が描いた『ガリヴァー旅行記』(一七二六年)などは後者の場合の典型例であろう。主人公であるガリヴァーは、矮人国であるリリパット、さらには巨人国のブロブディンナグ、そして空飛ぶ島であるラピュタなどへの渡航を経て、四度目にフウイヌムの国に辿り着く。結果的にはこれがガリヴァーの最後の旅となるのであるが、この国に漂着したガリヴァーは、そこであらゆる点で対立している二種類の生き物「フウイヌム」と「ヤフー」に遭遇する。やがてガリヴァーは「フウイヌム」(馬そっくりであるが理性そのもの)と「ヤフー」(人間そっくりだが非理性そのもの)の狭間にあって次第に自己のあるべき位置を見失ってしまい、そのあげく、二度と普通の生活に戻れなくなってしまうのである。以下は帰国直後の様子を描いたものである。

妻も家族も私は死んでしまったと思い込んでいたので、ビックリ仰天すると同時に大喜びであったが、忌憚のないところ、彼らの姿は憎悪と嫌悪と軽蔑の念を胸一杯にかきたてた。(中略)

というのも、不幸にしてフウイヌム国を追放されて以来、（中略）私の記憶と想像の中にあったのはあの高潔なるフウイヌムの美徳と理念だったからである。そのために、ヤフー種の一匹と交合してさらに子どもを作ってしまったことを考えるだけで、たまらない恥辱と困惑と恐怖に襲われるのであった。

家に足を踏み入れた途端にうちの奥方が両腕で抱きついてきて、接吻して離れないので、もう何年もこんなおぞましい動物と接触していなかった私は、ばったり悶絶すること小一時間。（中略）初めの一年など、奥方とお子さんたちが眼の前に来ると耐え難かったし、彼らの悪臭たるや我慢などできるものではなかったし、ましてや同じ部屋で食事をとるなど許せるわけがなかった。(8)

こうしたガリヴァーのわずかな慰めとは、したがって、二匹の若い種馬のいる厩《うまや》に閉じこもり、毎日少なくとも四時間その馬と対話を交わすことでしかない。馬丁が厩《うまや》から持ち帰る臭気だけがガリヴァーの精神のかすかな蘇りを感じさせるといった状態が続くのである。まさに悲惨な最期としか言いようがない。出発前とはまったくの別人となってガリヴァーは帰国したのである。

このように、異質な存在と遭遇することで、人はそれから必死に逃亡しようとしたり、あるいは逆に親近感を覚えてそれと一体化しようとしたり、そうかと思うと、遭遇することでまったく別な存在へと変貌してしまったりなど、実に多様な姿を見せてきた。ということは、逆にいえば、こうした存在との遭遇とそれがもたらす多様な反応という点にテーマを絞って系譜的に論じることもできるのではないか、ということである。そうした場合、さしずめ百閒などは漱石の系譜に連なる作家として論じられることは間違いないであろうが、たとえば二十年ほど前にベルナルド・ベルトルッチによって映画化され大評判を取ったポール・ボウルズ（一九一〇—一九九九）の代表作『シェリタリング・スカイ』（一九四九年）、そこに登場するヒロインのキット——最後には、いかなる共同体にも帰属しないまま、サハラ砂漠の向こうを永遠に彷徨することになるキット——などはガリヴァーの遠い子孫のひとりとして論じることも十分にできるではないだろうか。このように、ガリヴァーという新しい視点を組み入れることで、これまでとは異なるボウルズ像をここに浮かび上がらせることができるのではないかと思う。

本書は、こうした観点から、ラフカディオ・ハーン（一八五〇—一九〇四）やピエール・ロティ（一八五〇—一九二三）、あるいはサミュエル・ベケット（一九〇六—一九八九）やアントナン・アルトー（一八九六—一九四八）など、幾人かの作家、さらにはヴィンセント・ファン・ゴッホ（一八五三—一八九〇）やエドガー・ドガ（一八三四—一九一七）という画家を取り上げ、あくまでも異質な存在との遭遇という主題に限定して論じたものである。とはいえ、これは作家や画家の逸話的な遭遇体験をいかにも大仰に取り上げたというつもりはない。「怪談の作家」と言われているハーンや、「異国情緒の作家」と言われているロティはともかく、二十世紀を代表する劇作家ベケットもアルトーも、あるいは印象派を代表する画家ゴッホやドガも、こうした主題がその作家活動の本質的な要素を構成していると考えている。その意味では、正面から論じた作家論、画家論と言いたい。

そのため、本書では、全体を三部構成とし、第一部は「異界との遭遇」として、いわゆる亡霊との遭遇をその本質的な主題とする作家を中心に論じた。その際、内容により、二つの章に分け、その第一章は「死者の霊に向き合う作家たち――ハーン、ベケット、イェイツ」、第二章は「「耳なし芳一」をめぐって――ハーン、アルトー、ゴッホ」とした。第二部は「「異国」との遭遇」として、広い意味での異文化体験、異国体験をその中心テーマとした。ここでも二つの章に分け、その最初の章に当たる第三章は「「帰還しない旅」の行方――「夏の日の夢」を読みながら」、次の第四章は「ピエール・ロティ、あるいは未だ発見されざる作家」とした。第三部は「奇異なる存在との遭遇」として、いわゆる階層構造を支える表象の問題を取りあげた。ここでは「猿」という表象をめぐって、劣等民族への視線や底辺層への視線のあり方を論じた。その最初の章である第五章は「「猿」をめぐる物語――ピエール・ロティの場合」、次の第六章は「「猿」をめぐる物語――エドガー・ドガの場合」とした。このため、全体的な大枠として、異界も異国も奇異なる存在もすべて含むものとして「「外部」遭遇文学論――ハーン・ロティ・猿」とし、それを本書の標題とした。

第一部　異界との遭遇

第一章　死者の霊に向き合う作家たち——ハーン、ベケット、イェイツ

一　「松山鏡」と「茶碗の中」

平成十一（一九九九）年に刊行された講談社学術文庫版・小泉八雲名作選集『光は東方より』の解説に、編者でもある平川祐弘は「鏡の中の母」と題する長大なハーン論を掲載した。その冒頭近くで平川は「『博多にて』という作品は、地名が題となっているために一見して紀行文学の作品と受けとられかねないが、主題は ghostliness なるものとは何か、というメタフィジカルな話題であり（中略）そしてこの世ならぬ霊的なるものをさし示す一例として『松山鏡』がハーンによって再話されるのである[(1)]」と記した後、チェンバレンとジェイムズ夫人、それぞれの英訳に触れつつ、次のように述べる。

チェンバレン、ジェイムズ夫人、ハーンの三人三様の『松山鏡』には、もっと大切な点で微妙

な差異が存する。それは鏡に映るイメージは誰か、ということを死に行く母はどう了解していたか、という点である。（中略）
夫の贈物を有難く思って蔵った妻は、一枚の鏡を言ってみれば一枚の写真のように理解し、その鏡にはたとい誰が見ようが必ず自分（妻）の面影が映る、と信じたのである。そう思って大切にしまったまま歳月を過してきたからこそ、「わたしが死んだら、朝な夕なこの鏡を覗いて御覧。そうすればきっとわたしが見えるから」と娘に遺言して死んだのである。（三三五―三三八頁）

ここから結論として、平川は以下のように記す。

鏡は ghostly なのである。かりに鏡自体にそうした性質はないにせよ、鏡が私たちの中にある ghostly な側面を映し出すことは、多くの人が認めるところだろう。鏡は私たちの顔の表面だけではなく、その背後にひそむなにかをも映し出す。『松山鏡』の娘はまさにそれを見かけ、それによって母と会話することを得たのだ。ハーンその人もその話に、鏡の中の自分の母を見る思いがして心打たれたに相違ない。（三四三頁）

平川はさらにこの結論を補強する形で、西田幾多郎がハーンについて記した一説を引用する。

氏〔ハーン＝引用者注〕に従えば、我々人格は我々一代のものではなく、祖先以来幾代かの人格の複合体である、我々の肉の底には祖先以来の生命の流が波立って居る、我々の肉体は無限の過去から現世に連るはてしなき心霊の柱のこなたの一端に過ぎない、この肉体は無限なる心霊の群衆の物質的標徴である。（三四五頁）

こうした西田の論を受け、平川は「鏡に映る子供の顔に親の面影を認めるのも、まさに、この人間は自我をも含めて、幾世代からなる人格の複合体であるとする哲学観の流れに沿ったものである」（三四六頁）と続けることで、ハーン論を締めくくる。実に見事なハーン論である。筆者もこれを読んで改めて「博多にて」を読み直し、そして改めて「松山鏡」に感動を覚えた。その感動のよって来るゆえんは言うまでもなく、平川が「鏡は私たちの顔の表面だけではなく、その背後にひそむなにかをも映し出す。『松山鏡』の娘はまさにそれを見かけ、それによって母と会話することを得たのだ」と記している点である。「いま、ここ」にいる自分が実は過去幾世代からなる存在の複合体であり、そしてそこに繋がっているという感覚である。こうした感覚がハーンに安堵感や充足感をもたらしたのだ。そしてこのことはまさに牧野陽子が、中公新書の一冊として一九九二年に刊行した『ラフカディオ・ハーン――異文化体験の果てに』のなかで、ハーン作品の「環の中で」を引用しながら語っていることである。

「ちょうど自分の神経の一筋一筋が途轍《とてつ》もなく長く伸びて、それが百万年の遠い遠い昔に紡がれた、妖しい感覚の織物につながり、その無数の糸が……人間の頭脳などではとても捉えられない茫漠たる恐怖を、過去の深淵の中から、私という人間の意識の中へ、こんこんと注ぎ入れている――まあ、そんな心持だ。」（「環の中で」）

ここに見出される〝心持〟は、恐怖というよりはむしろ安堵に近い。それは時を遡及し、生命の連綿たる継続性によって自己確認をする感覚である。そしてハーンには厳密な理論より、この感覚自体こそ重要な意味があったに違いない。(2)

ところで「鏡や水に映るイメージにまつわる話は、神話と化して永く伝承されてきた」（三二六頁）と平川が記すように、水面に映る像も含めた、広い意味での「鏡像」をめぐる物語は古今東西を問わず古代から広く語られてきた。「松山鏡」もこの伝統の系譜に連なるものであることは言うまでもない。こうした観点からハーン作品を眺めた場合、実はきわめて興味深い物語がある。それは「茶碗の中」（『骨董』所収作品、講談社学術文庫版では『怪談・奇談』に収録）と題する物語である。さきにも触れた牧野陽子は、別な論文でこの物語をきわめて周到に分析し、次のように述べている。

ハーンは、茶碗に現れた幻影の意味する所を、恋慕の情から直視する視線（steady gaze）と嘲笑（mocking smile）へと変えたのである。〔中略〕幻影が関内《せきない》〔物語の主人公＝引用者注〕に要求するのは、いたわりではなく、自分を知っていることを認めよという要求、いわば無自覚な関内に対する自覚の促しだった。

このように、茶碗の中の水鏡を中心にハーンが浮上させた、日常の中の不意打ち、直視する視線、嘲笑、攻撃、無自覚と自覚の強要といった要素をまとめてみると、連想されるのは、十九世紀に入ってから特に多く登場するようになったドッペルゲンガー、すなわち主人公がもう一人の自分と出会うという分身の主題である。(3)

牧野は、茶碗に現われた幻影が関内を直視し、嘲笑し、そして自覚への強要という行為に出るのもこれが分身だからであり、また関内が幻影を無視したかと思うといきなり攻撃するというのも、分身物語に典型的な行為であると言う。しかしその一方で牧野は、「険しい海岸の崖にたつ古い円塔の描かれた書き割《かわ》りを背景に演じられたこの物語のなかで、日常性の中の亀裂の象徴に他ならぬ茶碗のなかの鏡に現れる正体不明の幻像とは、ハーンの内なるケルト的分身、ハーンが封じ込めようとする過去の時間の霊なのではないか」（二八〇頁）とし、さらに、次のように続ける。

ハーンはあえて未完の物語という形をとることで結末を保留している。その判断に、ハーンの分身たる「過去」の霊に対する考えがうかがわれるのではないだろうか。つまり、分身を完全に否定し、克服することもなければ、逆にそれに打ちのめされて自滅するということもない。ただ、ありのままに受け入れ、体内に抱えこんだまま、日々淡々と生きていくだけだと。（二八二頁）

こう続けた後、牧野は「〔ハーンは「過去」の霊に対し＝引用者注〕驚きと同時に一種悟りにも似た安堵と解放感も感じられたのではないだろうか」（二八三頁）と結論づけている。つまり牧野によれば、茶碗の中の水鏡に浮かんだ鏡像を、分身としての「過去の時間の霊」ととらえている点で、「茶碗の中」の世界は「松山鏡」に描かれた世界とそれほど違っているわけではないし、またそこに安堵感や解放感を見出しているという意味では、むしろ「松山鏡」にかなり近いと考えられ得ることになる。しかしそうであればこそ逆に、そこに頻出する嘲笑や挑発や攻撃性が目につく。鏡像という同じテーマを扱いながら、「松山鏡」と「茶碗の中」は違いすぎるように思われる。

二　ハーン的霊魂の世界――「伊藤則資《いとうのりすけ》の話」と「宿世《すくせ》の恋」

ところでさきに筆者は、牧野の論文から、ハーンの「過去」の霊に対する考えとして、「ありのままに受け入れ、体内に抱えこんだまま、日々淡々と生きていくだけ」という一節を引用した。牧野はそこに「仏教の輪廻《りんね》思想に親しむようになった西欧人ハーンの精神的な道程の跡」（二八三頁）を見出し、さらにはその結果、ハーンの中に生じる「悟りにも似た安堵と解放感」を導き出し

ている。こうした牧野の解釈には大いに同意したい。というのも、このように過去の霊をありのま
ま受け入れるという立場からハーンによって描かれた物語がすぐさま思い浮かぶからである。それ
は「伊藤則資《いとうのりすけ》の話」（『天の河縁起《あまのがわえんぎ》』所収作品、講談社学術文庫版では『怪談・奇談』に収録）である。

今から六百年ほど前、山城の国宇治に伊藤帯刀則資《いとうたてわきのりすけ》という若い侍がいた。この伊藤がある秋の暮れ方、近くの山道を散歩していると、偶然一人の娘と出会う。伊藤はその娘に導かれるまま、ある立派なお屋敷を訪れる。すると突然、そこの侍女頭と思われる老女から、その家の姫君との婚姻話を持ち出される。

「では伊藤様、申し上げます。あなたの花嫁はあの不運な三位中将重衡《しげひら》卿の娘でございます」この「三位中将重衡卿」ということばを聞いた時、若い伊藤は氷のような寒気《さむけ》が身体中の血管をめぐるような気がした。（中略）伊藤はとっさに了解した――身のまわりのもの一切は、部屋も灯りも婚礼の珍味も、過ぎし世の夢であり、眼前の人の姿は、人間ではなくて死者の影であることに思い至った。

しかし次の瞬間に氷の寒気は去って、再び魅惑が戻って来、身辺をいっそう深く包んでゆくようであった。伊藤は少しも恐れを感じなかった。自分の花嫁はたしかに黄泉《よみ》の国から来た人ではあるが、その人に心は完全に奪われてしまっている。亡霊を娶る者はたしかに亡霊とならねばならぬ――しかし自分には、一度ならず何度でも死ぬ用意ができている。[4]（WLH8：321-322　仙北谷晃一訳）

相手が死者の霊であることを知り、しかもこの霊と結びつくことはそのまま自分の死に繋がることを自覚しながら、伊藤則資は「一言も発せず、立ち去る用意を整えた。警告の意味におぼろ気ながら合点がゆき、すべてを運命に委ねようという気になった」(WLH8：325)となる。かくして伊藤はそのまま死霊と共に生きることを選んだ。それはひとつにはこの娘があまりにも魅力的だったからである。

これ程美しい人は、夢にも見たことがなかった。現身《うつしみ》から発した光が、軽い綿雲から月影が洩れ出るように、衣を通して照り輝いているように思われた。(中略)伊藤はすっかり心奪われて、自分が見ているのは天《あま》の河原《かわら》の織姫ではなかろうかと自問した。(WLH8：319)

しかしそれだけではない。ここには、さきに平川のハーン論から引用した「鏡は私たちの顔の表面だけではなく、その背後にひそむなにかをも映し出す」という意味での、目の前の美しい娘を構成している過去の幾千世代からなる無数の存在複合体に繋がりたいという感覚があるからではないか。実際、死霊である中将重衡卿の娘は伊藤と二人きりとなり、伊藤から「私を夫にお持ちになりたいと初めて思われたのは、いつのことですか」(WLH8：323)と尋ねられた時、驚くべき事実を口にする。

初めてお目にかかりましたのは、石山寺に乳母と参詣いたしした時のことでございます。そしてお目にかかったばかりに、私にはその時以来世界がすっかり変ってしまいました。（中略）それはずっとずっと昔のことでございました。その時以来あなた様は幾多の生き死にを経めぐられ、あまたの見目《みめ》よき現身《うつしみ》をお持ちになりました。しかし私はいっこうに変らず、今ご覧になっていられるままの姿でありました。あなた様に思いを懸けたばっかりに、別の身を享《う》けることも、別の生に入ることも、私には出来なかったのでございます。私は人の世の幾代も、あなた様をお待ち申しておりました。（WLH8：324）

ここには途方もない時間が流れている。ある意味、時空間を超越した地点で二人は出会い、今もまたそうした無限、無窮の時空間のなかで二人は向かい合っているとも言える。もちろんこうした出会いが可能となったのは娘の方に途轍もないほどの執着心があったからだろう。しかしここで重要なことは、娘が愛しているのは目の前の伊藤であって同時にその伊藤ではないということである。いわば霊としての伊藤、言い換えれば伊藤を構成している過去の幾千世代からなる無数の存在複合体への執着となろう。同じことが娘にも言える。娘もその背後に無数の過去を背負っているのだ。それゆえここで二人が抱き合っているのは、目の前の若い二人であると同時にこの二人を構成している過去そのものとなろう。筆者はこうした一節を読むと、「美は記憶なり」（『異国情緒と回顧』所収作品）のある箇所を思い出す。実はこの作品、講談社学術文庫版の『怪談・奇談』では「伊藤則資の話」と隣り合って並んでいるのだ。

君がある一人の人間を、太陽よりも美しいと思い込むようになったのは、幾億万という記憶のなせる業《わざ》である――幾億という生命を通して蓄積され、君の中で混じり合って一つの朧《おぼろ》な楚々《そそ》たる映像となった無数の記憶が動き出したからである。恋の惑いが、ふと、彼女はこの合成された映像に似ていると思わせた――そしてこの映像こそは、君の中の無数の過去の人間たちの愛に関わる、今は亡きすべての女たちの記憶の影なのだ。（WLH9：148 仙北谷晃一訳）

ハーンはこうした過去に遡る記憶を「有機的記憶」「遺伝的記憶」などさまざまに呼んできたが、ここにはたしかに「根源的なアイデンティティの欠落感をもって生を出発したハーンという人間」（牧野前掲書、一八二頁）が最終的に見出した独特な世界観が展開されていると言えるだろう。しかしここで筆者が問題としたいのは、われわれが無数の過去の霊を背負っているという点である。それを平川は「鏡は私たちの顔の表面だけではなく、その背後にひそむなにかをも映し出す」と表現し、その具体例を「松山鏡」のなかに探った。また筆者は「伊藤則資の話」のなかに登場する主人公伊藤則資や中将重衡卿の娘にそうした例を見出した。

ところがその一方でハーンは同じ主題にもかかわらず、ここでもまた、異なる反応を示す物語を描いている。それが、三遊亭円朝の名作で知られる『怪談　牡丹燈籠』をもとに書かれた「宿世《すくせ》の恋」（『霊の日本』所収作品、講談社学術文庫版では『怪談・奇談』に収録）である。「伊藤則資の話」と同様、美男の若侍萩原新三郎と美しい娘お露が主人公である。さきに死んでしまったお露は新三郎を諦めきれず死霊となってやって来る。ところが相手の新三郎は恐れをなして、お露が家に入ってくるのを阻止する。だが新三郎も結局は下男下女の裏切りで命を失うことになるので、死ぬという意味では伊藤則資の場合と同じである。しかし伊藤とは異なり、新三郎はお露の死霊を徹底的に拒否する。と同時にここで注意しておきたいことは、このお露も中将重衡卿の娘と同様、その背後に幾千という過去を背負っているという点である。新三郎に相談を受けた寺の和尚は次のように言う。

あの女性《によしよう》は、あなたが憎うて、仇《あだ》をなそう害をなそうと付きまとうているのではない。そうではなくて、恋しい慕わしいの一念で執着しておるのだ。可哀そうに、あの娘は今生の遙か以前から、おそらく三世も四世も前から、あなたに焦《こ》がれつづけている。生まれかわり、死にかわり、転々と生を変え、姿を変え、それでもなお、あなたを思い切れんものと見える。（WLH9：273　遠田勝訳）

まさに「伊藤則資の話」の場合と同じである。ここでも時空間を超越した地点で二人は出会い、今もまたそうした無限、無窮の時空間のなかで二人は相対しているのだ。しかし新三郎はこうした無限の時空間の列に加わることを拒否する。逆にいえば、徹底的に「いま、ここ」に執着しているとも言えるだろう。つまりハーンが描いた怪談物語のなかに実は二種類の主人公がいるのだ。ひとつは伊藤則資型であり、もうひとつは萩原新三郎型である。この分類でいえば、「松山鏡」の娘はいうまでもなく伊藤則資型である。これに対し、「茶碗の中」の関内は萩原新三郎型となるだろう。関内は、お露のようにやって来た武部平内《しきぶへいない》を、新三郎のように拒否するのである。伊藤則資型にせよ、萩原新三郎型にせよ、ここでさらに重要なことは、ハーンにおいては個々の霊が単独的にあるのではなく、それらもまた幾千万からなる無数の霊の複合体であるということである。ハーンは「塵」(『仏の畑の落穂』所収作品、講談社学術文庫版では『日本の心』に収録)のなかで言う。

人間の霊魂は? 幾兆という霊魂の複合体である。ぼくらは、一人残らず、前世に生きていた生命の断片の、無数に寄り集ったものである。(中略)ぼくらの感情、思想、願望は、生命の四季の移り変りにつれてどれほど変化し成長したところで、すべて他の人々の、大方《おおかた》は亡き人々の、幾億万の死者たちの、感情、思想、欲求の再編成された複合体にほかならない。(WLH8 : 71-72 仙北谷晃一訳)

三　ベケット的霊魂の世界――『ゴドーを待ちながら』

こうした霊魂観を踏まえると、筆者には二十世紀を代表する作家であるサミュエル・ベケット（一九〇六―一九八九）の作品、とりわけ話題作『ゴドーを待ちながら』（一九五二年）がきわめて興味深く思えてくる。枯木が一本だけある夕暮れの田舎道で、うらぶれた浮浪者ヴラジーミルとエストラゴンの二人がゴドーを待っているという設定のこの芝居においては、ゴドーの到来という期待の地平に向けて物事が直線上に進むわけではない。二人組はゴドーが来ないことを実際には知っているにもかかわらず、その場から終始離れようもせず、ただひたすら言葉を交わし合う。「待つ」ことが目的なのではなく、むしろ「待つ」という名目で行なわれる一見とりとめもない行為、言うなれば時間稼ぎがここでは演じられているのだ。

ところでこうした無意味な行為を続けている二人組が、しかし激しく反応し、時にはそれを強く撥ねつける場合がある。それは「過去」と「夢」に触れるときである。たとえば昨日あったことを確かめるヴラジーミルに対しエストラゴンは激しく抵抗し、その一方で自分の見た夢の話をしようとするエストラゴンに対しヴラジーミルが激しく拒絶するという具合である。いずれもい、ま、こ、こ、ではないことに触れる場合である。あげくのはて、途中から登場するポッツォまでに「いいかげんにやめてもらおう、時間のことをなんだかんだ言うのは。ばかげとる、全く。いつだ！　いつだ！

ある日でいけないのかね。（中略）ある日、生まれた。ある日、死ぬだろう。同じある日、同じある時、それではいかんのかね？[5]」と言われる始末である。

このように「いま、ここ」に執着する二人組とは、それゆえに本来ならば、時間的な厚みもなければ空間的な厚みもない、まったく薄っぺらな存在となるはずである。だが実際には違う。二人の存在感はきわめて大きい。どうしてか。それは二人が「いま、ここ」に執着するがゆえに逆にその背後に潜んでいる時空間の厚みが浮かび上がってくるからだ。なにしろこの二人組はもう五十年以上もいっしょにいるのだ。

エストラゴン　もうどのくらいになるかな。こうして始終いっしょになってから？
ヴラジーミル　そうだな、五十年くらいかな。
エストラゴン　おれがデュランス川へ身投げした日のこと、覚えているかい？[6]

隠蔽しようとしてもしきれない、二人の歴史が彼らの存在感を堅固なものにしているのだ。もちろん個としての歴史だけではなく、二人をも含む世界全体の歴史も当然ながらそこにある。いわば膨大な過去が歴然として存在しているのだ。そこには死者が累々と横たわっていることは言うまでもない。そうした死者の存在を、実は二人ははっきりと意識している。

エストラゴン　あの死んだ声を。
ヴラジーミル　あれは、羽ばたきの音だ。
エストラゴン　木の葉のそよぎだ。
ヴラジーミル　砂の音だ。
エストラゴン　木の葉のそよぎだ。
　沈黙。
ヴラジーミル　それは、みんな一度に話す。
エストラゴン　みんな、かってに。
　沈黙。
ヴラジーミル　どちらかというと、ひそひそと。
エストラゴン　ささやく。
ヴラジーミル　ざわめく。
エストラゴン　ささやく。
　沈黙。
ヴラジーミル　何を言っているのかな、あの声たちは?
エストラゴン　自分の一生を話している。
ヴラジーミル　生きたというだけじゃ満足できない。

エストラゴン　生きたってことをしゃべらなければ。
ヴラジーミル　死んだだけじゃ足りない。
エストラゴン　ああ足りない。(7)

詩的なリズムをもった連なりからなるやりとりである。しかしここには死者の声が響き渡っている。こうした死者の声、これを私たちはハーンの次のような一節に描かれた死者の声になぞらえたいのである。たとえば「日本海の浜辺で」(『知られぬ日本の面影』所収作品、講談社学術文庫版では『明治日本の面影』に収録)の最後の一節はどうか。

目が覚めた時は夜中で、本物の海が闇の中で囁《ささや》いているのが聞えた。仏海《ほとけうみ》の潮《しお》の流れに乗って精霊《しょうりょう》たちが帰って行く。その広漠《こうばく》たる嗄《しゃが》れ声が、はるかかなたから、ざわめくように聞えたのであった。(WLH6 : 210 平川祐弘訳)

こうした観点から考えれば、ベケットはハーンのごく近くにいたように思われる。にもかかわらずヴラジーミルもエストラゴンも死者の声に耳を傾け、それと一体化することは退ける。ベケットにあっては、世界とは「いま、ここ」のことである。だが実際にはそこには時空間の厚みがある。にもかかわらずベケットはそうした厚みを否定する。しかもこの二人組は関内や新三郎よりつらい状況にある。それは、互いにその背後に死者の霊を背負っていることを感じつつも、それから逃げることができないからである。もちろん逃げようと思う瞬間もときにはある。

エストラゴン　別れたほうがいいかもしれない。
ヴラジーミル　おまえは始終そう言う。そして、そのたびに、すぐまた帰って来るんだ。
　沈黙
エストラゴン　為を思ったら、おれを殺すよりしかたがない、そうだろ、ほかのやつと同じだ。
ヴラジーミル　ほかのって、どの？（間）え、どのだ？
エストラゴン　何十億のほかのやつらさ。
ヴラジーミル　（もったいぶって）人おのおの小さき十字架を背負いか。(8)

ここで突然エストラゴンが口にしたことはきわめてわかりづらい。単数形で記された「ほかのやつ」とは、この作品の訳者のひとりでもある英文学者の高橋康也の注によれば、ポッツォが連れて歩いているラッキーを指しているとのことであるが、しかしあまりに唐突に持ち出されたためか、ヴラジーミルもびっくりして「ほかのって、どの？」「え、どのだ？」と間を置きながらも、繰り返し尋ねざるを得ない。これに対し、エストラゴンは「何十億のほかのやつらさ」と曖昧にすることで「おれを殺すよりしかたがない」と言ったことを急遽撤回する。これを受け、ヴラジーミルも

「人おのおの小さき十字架を背負いか」と続け、人間の運命の儚《はかな》さという一般論に話をずらすことで、この場のやりとりをただちに終結させる。しかしここでの緊張感あるやりとりは重要だ。たとえ一瞬とはいえ、エストラゴンは殺害という暴力を介在させることで、この息詰まる状況を一挙に解消しようとしたのだ。ヴラジーミルもそうした緊迫感を感じたからこそ、ひどく驚いたのであろう。だが次の瞬間、それもなし崩し的に、いわば何となく回収されてしまうのだ。かくして二人はふたたび互いを見つめ合うばかりとなる。このように、安堵も解放感もなく、かといって、それを打ち破るだけの勢いもない、あるのはただひたすら堪えるだけという状態、それが「待つ」ということなのだろう。もちろんゴドーはやってこない。当然である。ここには何者かが到来し、互いに見つめ合う空間を粉砕することなど誰も期待していないのだから。だからこそ二人は喋り続けるのだ。しかしそのお喋りは悲惨なものである。その一方「松山鏡」の娘も話しかける。

それからというもの娘は毎朝、毎晩、鏡を見た。（中略）それで毎日毎日、母に会う心がして、その面影に話しかけた。（WLH7：62-63 平川祐弘訳）

ここでのお喋りは何と楽しいことか。これに対し、二人のそれは何と苦しいことか。まさに一種の罰と言えるかもしれない。地獄のような世界の中で二人は喋り続ける。『ゴドーを待ちながら』の場合、別に罪を犯しているわけではない。にもかかわらず、二人は永遠の苦しみの円環の中に組み込まれている。永遠にそこから抜け出すことはできないのだ。苦しまないためには、ひたすらたわいもないお喋りに興じるしか手はない。それは『名づけえないもの』の語り手が「続けなくちゃいけない、だから続けよう、言葉を言わなくちゃいけない、言葉があるかぎりは、言わなくちゃいけない」(9)と最後に言うように、この二人組も「言葉があるかぎりは、言わなくちゃいけない」となるのだ。

四　イェイツ的霊魂の世界――『煉獄《れんごく》』

こうした苦しみは実はW・B・イェイツが描いた世界に近い。実際、イェイツの最晩年の傑作である『煉獄』(一九三九年)はそうした苦しみを描いた世界である。死者の罪の記憶とその悔恨が大きな主題であるこの劇作品は、罪の浄化や魂の安らぎが劇の大団円として用意されているのではなく、逆に死者の罪の悔恨によって罪の浄化が妨げられてしまうところにその特徴がある。自ら作り上げた心の迷宮に永久にさまよい苦しみ続ける亡霊としての母親の姿が描かれ、それを押しとどめようとする、その息子である老人は最後には自分の息子殺しまでやってのけるが、しかし永遠に繰り返される苦しみの円環から逃げ出すことができない。とりわけ劇の終わり、罪と穢《けが》れを浄めたと思った瞬間、響いてくる蹄《ひづめ》の音で依然として母親の苦しみが浄化されぬままであることを老人が思い知る場面がある。

蹄の音だ！　ええい、
もう帰って来やがったか——蹄の音——音が！
おっ母さんの心は、あの夢を押しとどめられないのだ。
二度の人殺し、それが何の役にも立たなかった。

（中略）

おお、神様、
おっ母さんの魂を夢から解き放って下され。
人間の力ではもうどうしようもありません。鎮めて下され、
生きる者の惨めさと死んだ者の悔恨を。(10)

老人の、神に対する最後の叫びを新たな希望と受け取ることも不可能ではないが、しかしここではやはり絶望の叫びと取るべきであろう。この老人に典型なように、永遠の苦しみの円環に組み込まれているという意味では、イェイツの人物たちはベケット的世界に近いところに存在している。しかしここに到来する霊は、ベケットとは異なり、あくまでも特定の個人の霊である。表面上は複数の霊が登場するようにも見える。劇冒頭には「もとの住まいやなじみの場所へと戻ってくる煉獄の霊たち」（The souls in Purgatory that come back to habitations and familiar spots）(11)という老人の台

詞さえある。にもかかわらず、ここに登場する霊は老人の母親というように、特定化されている。そもそも『煉獄』においては、成恵卿《そんへぎょん》がすでに指摘している通り「老人の世界と亡霊のそれとの間には、いかなる接触も、ましてや対立も生じ得ず、二つの世界は全く切り離されたまま、まるで異なった時間軸をめぐって動いているかのごとく、別々に展開[12]」している。これは、成《そん》によれば「旅僧（ワキ）の前に亡霊が現われ、過去を再現するという夢幻能の劇構造[13]」を連想させるとのこと。成《そん》のこうした説を踏まえれば、『煉獄』において、あるゆかりの場所に悔恨を晴らすべく特定の霊が現われるというのも、ある意味当然と言えるかもしれない。これに対し、ベケットには不特定多数の霊が取り憑いているとしか言いようがない。実際、誰の声か判然としない死者の声が初期作から晩年の作にまで満ちあふれているのだ。ここにはその典型例として以下の三点をあげたい。最初は『モロイ』（一九五一年）から、次は『マロウンは死ぬ』（一九五一年）から、そして最後は『伴侶』（一九八〇年）からである。「あるざわめき、沈黙のなかでなにか変わったものが聞こえ、それに耳をそばだてていたにすぎない[14]」。「たったいまなにか聞こえるだろうか？　さてと。いや、答えは否だ。風の音も、海の音も、わたしがこんなに苦しそうに吐いている息の音も、聞こえない。しかし、群集がささやきあっているような、この数かぎりないしゃべり声は？　わたしにはわからない[15]」。「声はわずかな光を放つ。声が語っている間、闇は輝く。声が遠のくとき、闇は厚くなる。声がかすかな最大値にもどるとき、闇は輝く。声が黙るとき、闇はもち直す[16]」。

かくして、ベケット作品にはハーン的な意味での霊があふれ、イェイツにはそれが欠けていると言えるだろう。しかしそのベケットさえも、ハーンが描いたような死者の霊との一体感を見出すことはなかった。それどころか、それを拒絶することでその世界を形作っていたと言えるだろう。しかしその結果、その世界はまさに苦しみに満ちたものとなった。こうした観点から見ると、「松山鏡」に漂う幸福感がいっそう際立つ。

第二章　「耳なし芳一」の物語をめぐって――ハーン、アルトー、ゴッホ

一　ハーンの描いた「耳なし芳一」

前章において、筆者は「ハーンが描いた怪談物語の中に実は二種類の主人公がいるのだ。ひとつは伊藤則資《のりすけ》型であり、もうひとつは萩原新三郎型である」と述べた。それではハーン作品を代表する怪異譚である「耳なし芳一」（『怪談』所収作品、講談社学術文庫版では『怪談・奇談』に収録）の主人公芳一はどちらに入るのであろうか。伊藤則資型であろうか、それとも萩原新三郎型であろうか。もちろん芳一の場合、伊藤則資のように、ある姫君から思いを懸けられるわけでもないし、萩原新三郎のように、美しい娘に惚れられるわけでもない。ただ平家の亡霊に請われて、平家物語、なかでも壇ノ浦合戦の一節を語ったに過ぎない。その意味では、これまで分析してきた枠組にすんなり収まらないように思える。しかし本当にそうであろうか。まずここからはじめたい。これまでこの物語はどのように語られてきたか。その典型として、二〇〇〇年末に刊行された『小泉八雲事典』

に「耳なし芳一のはなし」として中田賢次によってまとめられた粗筋を以下に引用しよう。

盲目の琵琶法師芳一《ほういち》は、若くして源平の悲劇的な合戦場面を語って世に聞こえ、とくに壇ノ浦の合戦のくだりを弾ずると、鬼神も涙をとどめえずといわれるほどの上手である。まだ琵琶法師になりたての頃は、貧しくて辛い思いを味わったが、今は阿弥陀寺《あみだでら》の和尚に助けられ寄食している。ある夏の蒸し暑い晩、芳一は独り縁側で涼んでいるところを武士の幽霊に誘い出される。そしてまた翌日も武士が迎えに来て、連れられてゆく。実は、死んだ平家一門の霊を慰めるために、彼らの墓前で壇ノ浦の戦《いく》さの段を語っていたのである。これを知った和尚は、芳一を怨霊の危害から救うため彼を丸裸にして般若心経《はんにやしんぎよう》の経文を全身に書きつけるが、一部を弟子にまかせたため、両耳だけを書き残してしまう。その晩、芳一は和尚の指示どおり無言のまま縁側にすわっていると、迎えに来た武士の幽霊は姿も見えず返事もしない芳一に腹を立てて、ただ暗闇の中に浮かんでいる両耳だけを引きちぎって持っていく。

その後、怨霊の危険は去り、芳一の傷も癒えるが、不思議な危難の噂は広まり、やがて彼は「耳なし芳一」の異名のもとに琵琶法師としての名声を高めた、という物語。(1)

この粗筋に示されている通り、「耳なし芳一」の物語は単なる怪異譚というより、むしろ「壇ノ浦の合戦のくだりを弾ずると、鬼神も涙をとどめえずといわれるほど」の名人であるがゆえに怨霊に取り憑かれてしまった琵琶法師芳一の悲劇、というところに力点が置かれている。そのため牧野陽子は、その秀逸な「耳なし芳一」論の冒頭で「この物語がハーンの他の多くの怪談作品と異なる重要な点がある。それは、主人公と立ち現れる亡霊との間に、なんの因縁も存在しないということである。芳一は亡霊に恨まれるようなこと、その怒りにふれるようなことは何もしていない(2)」と述べ、そこから「芳一と亡霊を結びつけたもの――それはただ、芳一が平曲の名人であること、つまり芳一の語りと音楽の力なのである」(一二九頁)と続けることで、芸術家芳一という観点を前面に出すのである。その結果、牧野は「耳なし芳一」の物語を「オルフェウス物語のひとつの変奏曲であり(中略)一篇の〝芸術家の肖像〟の物語として読むことができる」(一三三頁)と結論づける。いわば芳一もオルフェウスも「音楽の魔力で異界と交わり、希有な体験をする」(一二九頁)というわけである。しかし牧野はある重要な点を見逃している。それは、平家の亡霊が望んでいるのは単に慰霊だけではないということである。

そもそもこの物語は、平家一門の死者の霊を弔うために「赤間関《あかまがせき》に阿弥陀寺《あみだじ》が建てられ(中略)その境内《けいだい》には入水《じゅすい》して亡くなった天皇をはじめ、その家臣の主《おも》な人々の名を記した塔も建てられた。その霊の菩提《ぼだい》を弔《とむら》うための法会《ほうえ》は、定められた日に営《いとな》まれた」(WLHII : 162 平川祐弘訳)という一節から語り出されている。したがって「鬼神ヲモ泣カシム」と言われるほどの琵琶弾きの名手芳一に求められているものは、言うまでもなく、まずは死者の霊を慰めることである。ところが芳一のもとにやって来た亡霊はそれ以上のことを望んでいたのだ。そのため、最終的には芳一の命まで奪ってしまおうとしていたのである。亡霊があまりに貪欲であったこと、ここに芳一の悲劇があったのだ。とはいえ、芳一にも責任の一端はある。というのも、亡霊は芳一からその了解を得ていると思っているからである。いま「亡霊はそれ以上のことを望んでいたのだ」と記したが、このことを亡霊側からいえば、いつまでも名人芳一の素晴らしい語りを聞かせてほしいから自分たちとともに向こうの世界に参ろうではないか、ということになる。すでに前章で詳しく触れたように、伊藤則資が中将重衡卿の娘に求められたのはこのことであった。侍女頭である老女を介して重衡卿の娘は言う。

　私どもは京都の近くに行くことになりましょう。そこには高倉天皇様もご先祖様も、私ども一族郎党の多くの者も住まってございます。あなた様がお越しになれば、平家の者はみな大喜びでございます。お約束の日には、駕籠《かご》をさし向けさせていただきましょう。（WLH8：326　仙北谷晃一訳）

そして実際、その十年後、「あなた様をお迎えいたしたく、お駕籠《かご》が参っております」（WLH8：328）ということで伊藤は向こうの世界に赴くのである。芳一が求められたことも実は同じことなのだ。女官たちを取りしきる老女が芳一に次のように語りかける。

琵琶《びわ》を弾き平家を語ることにかけては並ぶ者なき巧者《こうしゃ》ということは聞いていましたが、お前が今晩語って見せたほど芸達者な者がいようとは存じませんでした。御主君はお前にしかるべき礼をしたいと申されております。しかし御主君はこれから続けて六晩の間、毎晩一度ずつお前の曲を聴きたいと御所望《ごしょもう》です。それからきっとお帰りの旅にお立ちになりましょう。（WLH11：167–168）

老女は言葉を尽くして芳一に説明する。まず「お前にしかるべきお礼をしたい」と宣言した後で、老女は「これから続けて六晩の間、毎晩一度ずつお前の曲を聴きたい」と言う。これはもちろん、毎晩お前の曲を聴かせてほしいということであるが、それだけではない。同時に、自分たちが帰国する際にはその旅に同行し、その後も毎晩お前の曲を聴かせてほしいということでもあるのだ。そして、お前のような、下賤の者を自分たちの旅に同行させること、これこそがお前への「しかるべきお礼」である。これが老女の言っていることなのである。芳一はこれに何と答えたか。芳一は「きちんと礼を述べた」と記されている。そして実際、翌日の夜中になると再び芳一は出かけて行き、亡霊の前で続きを演奏するのだから、亡霊にしてみれば、自分たちの申し出を芳一が心から受け入れたと思うはずである。ところが芳一はここで決定的な間違いを犯した。それは、亡霊の言葉はまず翻訳する必要があるということをすっかり忘れてしまったことだ。こうしたことをきちんと行なっていたのは、言うまでもなく、伊藤則資である。さきにも触れた侍女頭の言葉を思い浮かべてほしい。侍女頭はひと言も自分たちが死霊であるとは言っていないし、相手の伊藤に向かって死んでほしいとも言っていない。ただ伊藤だけがすべて了解した上で、二重の意味を持つ言葉を見事に操っていたのである。これに対し、芳一は、そのまま文字通りに受け取ってしまった。ここに本当の意味での芳一の悲劇があるのだ。

とはいえ、貪欲な亡霊がやって来たこと、このことは芳一にしてみれば災難以外の何ものでもない。牧野の言う通り「芳一は亡霊に恨まれるようなこと、その怒りにふれるようなことは何もしていない」からである。しかしこれは芳一に限らない。「主人公と立ち現れる亡霊との間に、なんの因縁も存在しない」怪談は、ほかにも多く見られるからである。実際、伊藤則資と中将重衡卿の娘を結びつけたものは何かといえば、それはただ伊藤の「見目よき現身《うつしみ》」であろう。ある日、重衡卿の娘が石山寺に参詣した折りに、いわば勝手に伊藤を見初《みそ》めてしまったことから話ははじまったのだ。萩原新三郎とお露を結びつけたものもまったく同じであろう。

芳一の琵琶法師としての力量が平家の亡霊を引き寄せたというならば、伊藤則資や萩原新三郎の場合には、彼らの「見目よき現身」が死霊を引き寄せたとなるだろう。片や芸術家としての力量、片やその美貌という表面上の違いこそあれ、その本質は、いずれも、死霊がいわば勝手に取り憑いた物語と言えるのではないだろうか。実際、西成彦は、その卓越した「耳なし芳一」論において、のっけから、こう切り出す。

「耳なし芳一」は、簡単に言ってしまえば三角関係の物語である。芳一は阿弥陀寺の住職に愛され、寺の一隅に囲われるが、そこへ、芳一の目の見えないことに乗じて、平家の亡霊がしのびこみ、芳一は連夜の密会を重ねることになる。そして、この三角関係が発覚したところで、関係を清算すべく、惨劇が生じるのである(3)。

西は「連夜の密会」のような刺激的な言葉をあえて使っているが、しかし実態はこの通りではないだろうか。芳一は、いうなれば亡霊に取り憑かれた男なのだ。となると、話はかなり明らかではないだろうか。芳一は自分に取り憑いた亡霊をありのままに受け入れようとはせずに、和尚の策略のもとそれから逃げる算段をすることになるのだから、芳一は新三郎型に入ると言わざるを得ない。しかし完全には逃げ切れず、誰もが周知しているように、芳一は両耳を引きちぎられることになる。では、どうして芳一は伊藤則資のように亡霊の求めに応じなかったのであろうか。それは、亡霊を通じて「過去の幾千世代からなる無数の存在複合体に繋がりたい」という思いになれなかったからであろう。言い換えれば、新三郎のように「いま、ここ」に執着しているからということになろう。しかしそうなると、筆者には、芳一が琵琶弾きの名人であるという設定にそもそも無理があるように思われる。なぜならば、国文学者の兵藤裕己が言うところの「あの世とこの世の媒介者(4)」であり、いわばあの世のざわめきに声を与え、それを伝えることにかけては名人と評される琵琶弾きの名手が「いま、ここ」にしか執着していないということがはたしてありうるのであろうか。西は

「琵琶の演奏を望むものの前では、だれかれ構わず、琵琶を弾いて聴かせてしまう琵琶法師ならではの無節操さ」(一九二頁) というような言い方で、こうした設定の危うさを示唆しているが、ここではっきり言うべきではないか。芳一は琵琶演奏の名人と評するには、あまりにも愚かで情けなく、そのうえ卑怯者であると。実際「耳なし芳一」の物語をもう一度読み返してほしい。そうすると、これまで誰も指摘してこなかったのが不思議なほど、芳一のそうした面が目につくのだ。ご存じのように、芳一は阿弥陀寺の和尚の世話になる。そのため「夕刻に琵琶を弾いて和尚をお慰め申す」(WLH11:163 傍点引用者) ことが仕事となり、事件の起きた夜も和尚が出掛けているために芳一は「和尚の帰りを待ちながら、琵琶を弾いて淋しさをまぎらわしていた」(WLH11:163 傍点引用者) とある。さきに引用した『小泉八雲事典』には「和尚に助けられ、寄食している」とあるが、はっきりと、芳一は和尚の囲われ者であると言うべきではないか。男妾と言ってもおかしくはないのではないか。このような芳一であるからか、厳しい口調で案内の侍についてこいと言われると、ただ従うばかりである。そんなときでさえ、芳一は卑怯にも「[高貴の身分の人にお仕えできるかもしれないと考え=引用者注] これは幸運にめぐりあえたとひそかに悦ぶ」(WLH11:165) のである。阿弥陀寺の和尚というれっきとしたご主人をもちながら、このようなことを思い浮かべてしまうのだから、あえて卑怯にもと言いたい。その後、和尚に気づかれると、芳一は亡霊から強く口止めされていたにもかかわらず、再び卑怯にも、亡霊側を裏切り一切を打ち明けてしまう。そこで和尚に「こうした事が起った以上、おまえは八裂《やつざき》にされてしまうに相違ない」(WLH11:171-172) と脅されると、芳一はすっかりすくみ上がってしまう。
多くの人は霊に取り憑かれて逃げ惑う萩原新三郎を批判する。実際、作者ハーンと覚しき人物も「宿世《すくせ》の恋」の最後に登場し、以下のように新三郎を批判する。

「西洋人の目から見ると」私は答えた。「新三郎という人は、どうにも情けない人ですね。(中略) 新三郎は仏教徒でしょ——数えきれないほどの前世があって、この後も百万回でも生まれかわれる。それなのに遠い冥途《めいど》から戻ってきた娘のために、泡沫《うたかた》の命も棄てられない——ずいぶん身勝手な男です。いえ、身勝手というより臆病です。侍の家に生まれて、侍のなりをしているのに、少しも侍らしくない。幽霊にとり殺されるから助けて下さいなんて、お坊さんに泣きついている。どこから見ても情けない。こんな人は、武士でないです。お露さんに首を締《し》められて、殺されても、仕様《しよう》のない人です」(WLH9:285-286 遠田勝訳)

「情けない」「身勝手」「臆病」「殺されても仕様のない人」と、ありとあらゆる罵詈雑言の連発である。あげくの果てには「新三郎は確かに女々《めめ》しい男ですな」(WLH9:286) とまで言われてしまう。とするならば、同じ罵詈雑言が芳一に向けられてもいいのではないか。しかし誰も芳一にはそのような言葉を投げつけない。それどころか「真の〝芸術家〟と讃えられた芳一の姿に、口承文芸の中に生き続けた霊の異世界を、再話という文学の自覚的な営みで現代に蘇生させようとする、ハーンの作家としての自負がこめられている」（牧野、一三二頁）と褒め称えてしまう有様である。西でさえ、以下のように述べてしまう始末だ。

芳一は、幾晩も女たちの心を打ち、琵琶法師冥利につきる賞賛を耳にしている。（中略）耳なし芳一は（中略）ハーンが求めても求められなかった悦びに浴しえた、羨むべき芸人でもあったのである。（中略）「老女」や泣き喚く女官たちを前にして、渾身の力をふりしぼって琵琶をかきならす男芳一の中にこそ、真の琵琶法師としての姿があった。（一九六―一九七頁、傍点引用者）

西は「琵琶法師冥利」とか「真の琵琶法師」という言葉を使っているが、この言葉をそのまま延長するとその先にあるのは、どう考えても、聴き手である平家の亡霊と運命を共にする毅然たる芳一の姿ではないだろうか。牧野は次のようにも述べている。

ハーン晩年のエッセイ「草雲雀」には、最後まで美しい声で歌い続けながら命尽きた小さな虫に対する、しみじみとした感慨がつづられている。世の中には自分の命を縮めてまで歌を歌うことに励む人間の姿をしたこおろぎもいるのだ、とハーンは述べて、自分の姿を草雲雀に重ねた。（中略）ハーンの芸術観がうかがわれる「耳なし芳一」も、オルフェウス物語のひとつの変奏曲であり、「草雲雀」と同様に一篇の〝芸術家の肖像〟の物語として読むことができると思うので

ある。(一三二頁)

ここで牧野は「草雲雀」に言及しているが、言うまでもなく「草雲雀」(『骨董』所収作品、講談社学術文庫版では『日本の心』に収録)の末尾は以下のようである。

それにしても、何と雄々しく最後の最後まで彼〔草雲雀のこと＝引用者注〕は歌ったことだろう――それはぞっとするような最期《さいご》であったが。というのは、彼は自分自身の脚を食べてしまったのだ!(中略)

でも結局、ひもじさのために自分の脚を食い尽くすのは歌の天分を忌《いま》わしくも授かった者がめぐり逢う最悪の事態ではなさそうだ。世の中には歌うためには自分で自分の心臓をくらわなくてはならない人間の姿をしたこおろぎもいるのである。(WLH11：148-149 森亮訳)

牧野は、「耳なし芳一」を「草雲雀」と重ね合わせたうえで、共に「一篇の〝芸術家の肖像〟の物語として読むことができる」と言う。しかしそうであろうか。「草雲雀」から読み取れるものは、むしろ琵琶法師の天分を忌わしくも授かった芳一が平家の亡霊のもとに通い続け、そのあげく無惨にも引き裂かれ、命尽きてしまうという事態ではないだろうか。ところが実際には芳一は命惜しさに、亡霊から逃れようとするのだ。このズレはいったいどこから来ているのだろうか。それは言うまでもない。西も牧野も「琵琶弾きの名人芳一」という思い込みから逃れられていないからではないか。名人であれば、それに相応しい高貴さや剛毅さあるいは誠実さがあると思いたいからではないか。しかし芳一の実態は愚かで情けなく、卑怯者なのである。こうしたズレがもっとも明確に現われているのは物語末尾の一節だ。

良き医師の手当で芳一の傷はじきに快方に向った。芳一が不思議な目にあった話はじきに四方八方にひろがり、芳一はたいそう有名になった。高貴なやんごとない方が幾人も赤間関へ芳一の語りを聞きに見えた。そして大層な額《がく》の贈物が届けられ、芳一は金持となった。……だがその事件以後、芳一はもっぱら「耳なし芳一」の名で世に知られたとのことである。(WLHI1 : 175)

芳一がどこかでひとりほくそ笑んでいるのではないか、と言いたくなるようなエピローグである。この末尾に関して、兵藤裕己は、すでに引用した岩波新書『琵琶法師』のなかで、「耳なし芳一」の古型を伝える伝説や説話の典型として「耳切れ団一《だんいち》」と「耳なし地蔵」の話を紹介したうえで、次のように言う。

耳をうばわれたのは、こちら側の世界にとどまったことの代償であり、それはあの世とこの世の媒介者でありながら、この世(僧の世界)に加担しすぎたための懲罰だったろう。そして耳をうしなった琵琶法師は、〔「耳なし地蔵」の話の主人公城了《じょうりょう》がそうであるように＝引用者注〕「平家」の演奏ができなくなり、あたかも廃疾者《はいしつしゃ》のごとく寺で養われることになる。話の展開としては、これは納得のいく結末だろう。

だが、ラフカディオ・ハーンの「耳なし芳一の話」の結末では、耳をうしなったことで、芳一の琵琶弾きとしての名声はいよいよ高まったとある。それは種本である『臥遊奇談』のハッピーエンドを踏襲した結末だが、しかしそれにしても、原話の寓意を洞察していたにちがいない「耳の人」ハーンが、あえてこのハッピーエンドを採用した理由はなんだったのか。（一九頁）

兵藤は、当然ながら、末尾の記述に戸惑う。芳一が新三郎のように無惨に殺されたならば、それはそれで首尾一貫している。仮にそこまで行かないとしても（兵藤が書いているように）琵琶演奏の名手という地位から失墜してしまったというならば、それまたよくわかる。それが「琵琶弾きとしての名声はいよいよ高まった」とあるから戸惑ってしまうのだ。原話である『臥遊奇談』では「其後寺中夜更て《その、ちぢちうよふけ》芳一を呼ぶ者《よもの》なしあやふき命《めい》を拾《ひろ》ひける琵琶《びハ》尚々妙《めう》をきハめて世に耳《ミヽ》きれ芳一が琵琶と称《せう》じけるとぞ」(5)とあるので、ハーンが原話を踏まえていることは確かであろう。それにしてもこのハッピーエンドはひどすぎる。物語の展開からすれば、このような終わり方になるはずはない。そのため兵藤はその理由を作者ハーンの個人的な思いに求める。

〔近代化へ向けて急激に変貌しつつあった＝引用者注〕時代にあって、あたかも母の語りを聞く幼児のように妻節子の語りに耳をかたむけたハーンは、かつてこの国にみちみちていたはずの不可視のモノのざわめきに声をあたえていった。「耳なし芳一の話」のハッピーエンドは、かつて非凡な能力を発揮したこの国の盲人芸能者へのハーンなりの挽歌であり、それは芳一に代表される名もない芸人にたいする、いかにもハーンらしい思いやりだったろう。（一九―二〇頁、傍点引用者）

兵藤は「ハーンなりの」とか「ハーンらしい」という表現を繰り返す。そう繰り返すことで、なんとか納得したいと思っているのだ。しかしそれは無理な話である。とうてい納得できないはずだ。となると筆者は「ハーン、お前もか！」と言わざるを得ない。ハーン自身も西や牧野と同様、「名人」芳一という設定に眩惑されているのではないか。実際、ハーンは芳一にかなり甘い。芳一を愚かで情けなく、卑怯者として描きながらも、最後にはその芳一を救ってしまうのだから。

実は、ハーンの怪談話に登場する男たちは、死霊の側からいえば、ほとんどが愚かな男であり、情けない男であり、卑怯な男なのだ。「お貞の話」の主人公長尾杏生《きょうせい》しかり、「雪女」の主人公巳之吉しかりである。この点に関し、いつも鋭い分析を展開するハーン研究者の遠田勝は次のように述べている。

〔ハーンによって＝引用者注〕徹底的に変えられてしまったのは、長尾杏生のほうである。かつては怨霊の祟りさえも寄せつけなかった「盛徳之人」（中略）が、自分の父母と妻子まで失くしながら、その理由にさえ心づかない愚者に変身している（そういえば、「雪女」の巳之吉も、命をとられそうになった雪女と自分の女房の類似に気づかない愚か者だった）。[6]（傍点引用者）

そのうえで遠田は大胆にも次のように主張する。

こんな人は、武士でないです。お露さんに首を締められて、殺されても、仕様のない人です。

これは「宿世の恋」で色男の新三郎の情けない最後を評した作者ハーンの言葉だが、実は、こうした男こそがハーンの好みだった[7]。

ここに来て、これまで論じられてきたことが逆転する。卑怯者新三郎、情けない男新三郎が、実はハーンの好みであったと遠田は主張するのである。これに対し、優れたハーン研究者であった仙北谷晃一は次のように述べている。

たった一つ、ハーンの気に染まぬ要件があった。それは、男の主人公、萩原新三郎の性格の卑しさだった。（中略）その利己的で臆病な性格は軽蔑に値いするとハーンは断じ、雨森信成かと想像される友人も（中略）そのハーンの説に同意する。実際、〝Karma〟の主人公にくらべては もちろん、〝By Force of Karma〟の中の鉄道自殺をした僧侶にくらべてさえ、萩原新三郎の性格が一種道徳的な高さを欠いていることは明らかである。(8)

こう述べたうえで、仙北谷は「それでハーンは、最晩年、同じようなテーマの作品を、はなはだ魅力的な主人公に託して書かずにはいられなかった。「伊藤則資の話」（The Story of Itō Norisuké）がそれで、ハーンの没後刊行された『天の河縁起』（*The Romance of the Milky Way*）に収められた(9)」と続けている。この仙北谷の論点は、さきに筆者が「ハーンが描いた怪談物語の中には実は二種類の主人公がいるのだ。ひとつは伊藤則資型であり、もうひとつは萩原新三郎型である」と述べたこととほぼ同じであるが、仙北谷はそこに価値判断を含ませ、ハーンは萩原新三郎を否定する意味で伊藤則資を描いたのだと言うのである。しかしそれは本当だろうか。実際は、遠田が言うように、ハーンはどこかで萩原新三郎のような男を好んでいたのではないだろうか。だからこそ新三郎型である芳一の命を――物語が多少破綻しようとも――最終的には救ったのではないだろうか。仮に「好んでいた」ということが言い過ぎであるならば、ハーンは最後にはそうした男を許してしまうと言い換えてもいいだろう。これに関し、遠田は別な論文のなかで以下のように述べる。

ハーンはなぜそこまでして男を守り、かばうのか。なぜ、ハーンは同じ主題の執拗な変奏のなかで、一貫して、男を許し、生かしつづけているのだろうか。自分が男だから？　もちろん、それはあるだろうが、それだけとは思えない。（中略）

そうした物語のなかで災いの根源にいる男たちが許されているのは、それがハーンの同性であるからというよりも、それが、母の愛した男、母が自分の精神を損ねるほど愛していた父の写し絵だったからだろう。(10)

遠田の鋭い分析には感服するばかりではあるが、ここで遠田が言っていることは、ハーン作品によく登場する愚かで卑怯卑劣な男に、ハーンは自分の父親の姿を認め、だからこそ「一貫して、男を許し、生かしつづけている」ということである。これをもう少しはっきりと言い切ったのは『小泉八雲　西洋脱出の夢』の平川祐弘である。平川は次のように言う。

ハーンが出雲の民話に心打たれたわけも、またそれを再話する時に英文にこめた感情も、納得できるような気がする。（中略）ハーンは母親を責めることはしていない。利己的なのはあくまで百姓の父親である。だがその父にも許し得る事情がなかったわけではない。「百姓は僧になった」という最後の一行でハーンは、降霊術の記事で実の父親を許したように、作中の父親も許しているようだ。(11)

平川が端的に言っているように、ハーンは、結局は父を許し、その父を通して作中の男たちも許すのである。もちろんこの「許す心」があるからこそ、ハーンの怪談に多くの人が惹きつけられるのであろう。たとえば「雪女」（『怪談』所収作品、講談社学術文庫版では『怪談・奇談』に収録）の最後、雪女の正体を現わしたお雪が巳之吉の命を奪ってしまったならば、これほどこの物語は人口に膾炙《かいしゃ》したであろうか。雪女は巳之吉の命を奪わないどころか「あそこに寝ている子供たちのことがなければ、この瞬間にもあなたの命を奪ったものを。いまとなっては子供のことはよくよく面倒を見てください」（WLH11：231　平川祐弘訳）と叫びながら煙のように消えて行くのである。このことで読み手や聴き手の心に残るのは、幼い子供たちを残したまま別れざるを得ない母親の哀れさ、悲しさであろう。「雪女」に関しては、たしかにハーンの寛容さがこの物語を単なる怪異譚から隔てているであろうし、いわば名作にもしているのであろう。しかし「耳なし芳一」に限っていえば、ハーンのいつもの甘さが逆にこの物語を納得ゆかないものにしているのではないか。ここでもう一度、芳一が平家の亡霊を前にして演奏している場面を思い出してみよう。牧野が言うように、この場面は「ハーンが原話の文にいちばん手を加えて大きく膨らませた箇所」（一三一頁）であるが、そこは「演じる者と聴く者とが相呼応してつくりあげる、相聞にも似た濃密な語りと音楽の空間であり、さらには芳一が浮かび上がらせる悲劇の合戦の幻影と、その幻影の中で蘇生した過去の霊が現出させた雅びな宮廷模様とが重なりあい、唱和しあう」（一三一─一三二頁）空間なのである。おそらくこれまで芳一が味わったこともないような豪華絢爛で幻想的な瞬間であったろう。これほどの瞬間を味わいながら、どうして芳一は伊藤則資のように「この不思議な情況をありのままに受け容れ」(WLH8 : 322)、「相聞にも似た濃密な語りと音楽の空間」の中に平家の亡霊と共に永遠に居続けたいと思わなかったのであろうか。仮に無惨に殺されたとしても、それこそまさに演者冥利、名人冥利に尽きるのではないだろうか。だがハーンは芳一の命を救い、さらには彼に望外の栄誉を与えてしまう。しかし想像してほしい。たとえ一瞬なりとはいえ、怨霊たちが作り出す、あの未曾有の瞬間を味わった芳一がその後も日常世界のなかで平々凡々に生きながらえることが本当にできるのであろうか。

もし「耳なし芳一」の物語のなかにオルフェウス物語のはるかな反響を認めるならば、実はここではないだろうか。黄泉《よみ》の国に死んだ妻エウリディケを迎えに行ったオルフェウスは「見るな」という禁忌を破ったため妻を生き返らせることに失敗してしまう。このためオルフェウスは絶望し、女を避ける。このことがトラキアの女たちの怒りを買い、オルフェウスは無惨に殺されてしまう。死んだオルフェウスは再び黄泉の国に行く。これ以下の部分をブルフィンチ作の『ギリシア神話』から引用しよう。

幽霊となった彼は再びよみの国へ行って、エウリディケを尋ねだして熱心にかき抱きました。二人は今や極楽の野を相伴ってさまようています。オルフェウスは(中略)思いのままに彼女を

眺めています。(12)

オルフェウスは、なんと「今や極楽の野を相伴って」愛する妻と共に散策しているというのである。ブルフィンチは黄泉の国が極楽のようだと告げている。もちろん極楽であるのは、互いに死霊とはなってしまったが、愛する妻と一緒に過ごせるからであろう。となると、オルフェウスがトラキアの女たちに八つ裂きにされてしまったのも、一刻も早く死にたかったからという解釈も成り立つ。それは、オルフェウスが妻を求めて死後の世界に赴いた際、そこで体験した非日常的な世界の途轍もない魅力に圧倒されてしまったからと考えられないだろうか。つまりこうした未曾有の瞬間を味わったオルフェウスは日常世界のなかで生きることがもはやできなくなってしまったのだ。生きていても死んでいるような状態だったのだろう。これを仮に「オルフェウス体験」と呼ぶならば、同じように死後の幻想的な世界に足を踏み入れた芳一がどうして日常世界にそのまますんなりと戻れるのであろうか。大いに疑問である。

二　アルトーの描いた「耳なし芳一」

こうした芳一に対し、私たちは実はもうひとりの芳一を知っている。この芳一こそ、さきに述べたオルフェウス体験とでも言うべき強烈な一瞬を生きたと言ってもけっして過言ではない。それは、現代の演劇に今なお多大な影響を与え続けているフランスの劇作家・詩人アントナン・アルトーが「哀れな音楽家の驚くべき冒険」と題する小篇のなかで描いた芳一である。執筆は一九二二年末から二三年初頭と考えられているがはっきりしている訳ではない。いずれにせよ、アルトーの初期作品のひとつである。

この作品は、アルトー全集の注釈に従えば、一九一〇年にメルキュール・ド・フランス社から、マルク・ロジェによるフランス語訳で刊行された『怪談』のかなり自由な翻案とのことであるが、実際、アルトーの「耳なし芳一」は、マルク・ロジェ訳の『怪談』がハーン作品のきわめて忠実な翻訳であるのとは対照的に、かなり異なっている。そのもっとも大きな違いは「この世とあの世の媒介者芳一」という設定がかなり薄められているという点である。そのため、この世の和尚とあの世の亡霊とが互いに芳一を奪い合うということから生じる緊張感がない。したがって「お前がここへ訪ねて来たことを誰にも洩らしてはなりませぬ」(WLHI1 : 168) という亡霊側の禁忌もなければ「何事が起ろうとも返事してはいけない」(WLHI1 : 172) という和尚側の禁忌もない。あるのは、突然、亡霊が到来し、有無を言わせず連れて行ってしまったために芳一が味わうことになる驚異の感覚ばかりである。

とはいえ、この物語では、亡霊がやって来るはるか前から、あたかもその予兆であるかのように、芳一はもうひとつの世界の気配を感じはじめるのだ。

芳一は空の輝きも見えず、古い寺のすぐ側《そば》にある海のきらめきも見えなかったが、やって来つつある夜の、動きある魔法は、大気に、戦慄と見えない存在の物音のようなものを伝えていた。そして盲目の芳一は、隠れた魔物や伝説的な平家の者どもが飛び交うのを感じていた。それらが通りすぎると、芳一の肌に神秘的な衝撃が伝わるのだった。（中略）海面はときに死者たちのもののような溜め息を洩らすのだった。[13]（OC1-1：206）

すでに異界の存在に包まれているようである。アルトーははっきりと「見えない存在」とか「かくれた魔物や伝説的な平家の者ども」と記している。最後には「死者たちのもののような溜め息」というような表現まで使っている。すでに芳一は何者かの到来を今か今かと待ちわびているのだ。

うずくまり、愛用の琵琶を抱きしめ、顔をのけぞらせ、弱々しい壁にもたれて、芳一は待っていた。（OC1-1：206 傍点引用者）

「芳一は待っていた」とある文章には目的語がない。しかし何を待っていたかは明らかである。そこに、使いの侍＝亡霊が到来するのだ。だが実際にやって来ると、それは予兆をはるかに超えたものだった。

侍の高圧的な声が芳一の名を呼んだのはこのときだった。あたかも事物の本質から立ちのぼってきた声のように。声は一度、芳一の名を呼び、次いでもう一度呼んだ。そして芳一が相変わらず答えなかったので、姿の見えない侍は近寄ってきた。芳一は金属の手が自分の手を捉えるのを感じた。（OC1-1：206 傍点引用者）

姿の見えない侍が発する「あたかも事物の本質から立ちのぼってきた声」とはいったいどのような声なのであろうか。この少し後に「砕けた音楽のような音」（OC1-1：207）と言い換えているから、おそらく、言葉以前の、言うなれば、叫び声やうめき声に近い音の連続なのであろう。しかしそれをアルトーは「事物の本質から立ちのぼってきた声」と表現する。そう表現することで、亡霊の声がこの世の意味体系のあらゆる範疇から抜け落ちてしまうことを示しているのだ。いま「叫び声やうめき声に近い音の連続」と言ったが、正確にはそうではないだろう。亡霊の声は「叫び声」とか「うめき声」と判断することとさえも不可能なものなのだ。だから、それは、言葉によって分節化される以前の世界、いわば原初的な混沌にある世界、兵藤裕己に倣っていえば「未生以前の世界」（一九〇頁）からまさに「立ちのぼってきた声」であり、（「未生以前の世界」というのだから）まさしく死の世界の声なのである。当然ながら（生の世界にいる）芳一は侍の言葉を聞き取れない。そのため芳一は返事しようにも返事することができない。実際、アルトーは「芳一が相変わらず答えなかった」としている。いわゆる「耳の人」[14]であるべき芳一がここでは徹底的に聴覚を奪われているのだ。だから、ハーン版の芳一とは違い、アルトーが描いた芳一は、自分の最大の武器である聴覚を駆使し、自分なりの世界像を主体的に構築することはない。あるのは断片的な像ばかりである。ここでの芳一はいつも受動的なまま、いわば右往左往するだけである。それでも芳一は侍に手を引っ張られて、やがて目的地に辿り着く。そこで侍は「歌ってくれ、歌ってくれ、(中略)姫君の結婚を歌ってくれ」(OC1-1 : 207)と所望する。もちろん芳一はその意味が聞き取れたわけではないが、しかし自然に歌い出す。すると驚くことに盲目のはずの芳一に視覚が戻ってきて、眼前に強烈な色彩感覚が展開されるのだ。

するとと不幸な歌謡詩人には視覚が戻って来たような気がした。まるでもう瞼がないかのようであり、手足が全部ガラス製になったようだった。(中略)そして映像は彼の周りに、海の底で見る夢のように、美しく驚異に満ちたものとして立ち現われるのだった。彼は、豪華な行列が次々と目の前を通り過ぎ、見たこともないような花々が咲いては枯れて行くのを見た。(中略)そのとき彼はうしろに仰向《あおむ》けに倒れた。彼は死にたかった。感動の強烈さが彼の力を超えているのを感じた。(OC1-1 : 207-208)

ハーンとの違いが最も大きいのはこの箇所だ。アルトー版では、聴き手側の感動ではなく、演じている芳一の方の感動のみがひたすら強調されるのだ。それどころか、アルトーは聴き手の様子を一切描こうとはしない。ハーンがあれほど熱意を込めて描写し、それを見事に読み取った牧野陽子が繰り返し強調した「演じる者と聴く者とが相呼応してつくりあげる、相聞にも似た濃密な語りと音楽の空間」がアルトー版にはまったく欠けているのだ。それも当然であろう。こうした空間はすべて盲人芳一が聴覚を十全に発揮したうえで、想像力豊かに芳一自身が描き出したものだからだ。アルトー版の芳一にはその肝心の聴覚が欠如しているのだ。そのため、あるのは、芳一の全身に次々と断片的に襲いかかってくる強烈な色彩感覚ばかりである。だからここで芳一は「感動の強烈さが彼の力を超えているのを感じ（る）」のである。このとき芳一は、文中に「彼は死にたかった」とあるように、死への欲望を強く感じるのだ。この言葉は比喩と取るべきではない。芳一が体験したものの強度があまりにも強いので、芳一は生の圏域をなかば超えてしまったからだ。侍に連れられて寺に戻った芳一は自問する。

またもや彼は盲目でひとりぼっちだった。そのとき、はじめて、彼は彼自身の心の中を眺めてみた、そして自問した――わたしはどこへ行っていたのか？（OC1-1 : 208）

「わたしはどこへ行っていたのか?」と自問する芳一は、言うまでもなく、あの世に行ってしまったのだ。だからこそアルトーはすぐにはこの世に戻れない芳一の様子を長々と描写するのだ。

芳一は黄昏が始まる夕刻頃まで口もきかず身動きもしなかった。腕を引き上げたりすると、また食事をさせようとして、あるいは立ち上がらせようとして、揺すぶったりすると、地面に人形のように倒れてしまった。（略）（OC1-1：208）

これを見た僧は、当然ながら、芳一が死んだと思い、通夜を始める始末である。ところが夜が更けてくると、「あの世のいかなる霊に呼ばれてか」（OC1-1：208）、死んだと思った芳一はむっくりと立ち上がり、夢遊病者の足取りで「他人の手に導かれているように進んで」（OC1-1：208）行く。それを見た僧侶は驚き、それでも息を切らせながら、芳一の後を必死について行く。すると町の墓地の中にある、ある古い墓石の上に身を横たえた芳一は「恍惚とした面持ちで、神秘な夢幻劇の展開に立ち会っているように見え、そして急激な動作で琵琶を掻き鳴らす」（OC1-1：208-209）のであった。このとき僧の耳には「武具がぶつかり合うのが聞えるように思えた（し）、幻想的な象の吠え声が聞えて来（た）」（OC1-1：208）のである。このため僧は「この世の果てにたどり着いたと感じ」（OC1-1：208）てしまう。翌朝、ほうほうのていで僧と芳一は寺に戻る道にたどり着くと、僧が芳一に向かって「あなたは魔物に魅入られているのです。あなたは死霊の呼びかけに応じたのですぞ、芳一。あなたは……あなたはこの世の外に出たのだ。（中略）けれど心配しなくてもよろしい。今夜はあなたに守護衣を着せてあげよう。死霊の目をくらます秘法の衣です」（OC1-1：209）と言う。しかし（すでに触れたように）「何事が起ろうとも返事してはいけません」という和尚からの命令はここにはない。とはいえ、この後に生じることはハーン版とほぼ同じである。

突如、侍の金属的な大声が聞えた。すると芳一は身をまるめた。長い戦慄が全身を震わせ、そして芳一は頭髪がことごとく逆立っているのを感じた。けれど侍は戸惑っているように見えた。まるで途方に暮れた人のようにその場でくるくると廻るのだった。（中略）侍は芳一が身を横たえている場所に近づいた。両耳だけが見えていたのである。――そしてその両耳をむしり取った。

（OC1-1：209–210）

アルトー版「耳なし芳一」においてもっとも強調されていることは、それゆえ、ただひたすら「見えない存在の物音のようなもの」を全身で感じている芳一の姿であり、なかば死後の世界に行ってしまった芳一の様子である。しかしながら、アルトーは見えない存在をある具体性をもって描こうとはしない。「この世の外」にあるものの感触を芳一の姿を通して浮かび上がらせようとしているだけである。にもかかわらず、異界の存在はひしひしと伝わってくる。芳一があの世になかば行ってしまったという感じは明らかに伝わってくる。次に（さきに問題となった）物語の最後の場面を見てみよう。

僧は守護の句を芳一の耳に書くのを忘れたのだった。

これが、哀れむべき音楽家芳一がその両耳を失った由来である。（OC1-1 : 210）

　これだけである。ここにはハーンが加えたような、その後の芳一の姿などどこにもない。そもそもアルトーにとっては、芳一がその後どうなったのかなど、まったく関心がないのだ。アルトーがこの作品を通して描きたかったのは、盲目の琵琶法師芳一という存在ではなく、たとえ一瞬とはいえ、芳一が感じた向こうの世界の感触であり気配であり、さらには芳一が見た死霊たちの存在そのものである。となるとアルトーにとって、芳一が琵琶法師である必然性はもはやないように思える。実際、芳一が琵琶を演じることへの言及はほとんどない。ある意味、誰でもいいのだ。ただ異界の存在を感じることができる存在であるならば。かくして原話の『臥遊奇談』からハーンへと引き継がれてきた「亡霊に取り憑かれてしまった琵琶法師芳一の悲劇」という物語は、アルトーにおいて大きく変貌する。そのため牧野陽子が繰り返し述べていたこと、すなわち「耳なし芳一」の物語は「オルフェウス物語のひとつの変奏曲であり（中略）一篇の〝芸術家の肖像〟の物語として読むことができる」という見方はここで大きく崩れる。おそらくアルトーはフランス語訳を通して読んだハーンのこの作品のなかに（牧野の言う意味での）オルフェウスの姿も見出したはずだろう、しかしそのような芸術家像など糞食らえと言わんばかりに、アルトーはそうした姿をまったく無視する。さらにそうした芸術性を高める要素として誰もが指摘する「盲目」ということさえ、アルトーは否定しているかのようだ。だからこそアルトーはその晩年に、琵琶法師や音楽家とはまったく無縁な画家ゴッホに関心を向け、ゴッホの中にもうひとりの芳一を見出すのである。[15] これに関し、さきに触れた兵藤裕己は別な論文のなかで次のように述べている。

アルトー版の耳なし芳一では、芳一の耳は、「夕陽のように赤い美しい両耳」と形容される。その聞こえすぎる耳を平家の死霊にうばわれた芳一の物語に関心を寄せたアルトーは、のちに『ヴァン・ゴッホ　社会が自殺させた者（Van Gogh le suicidé de la société）』（一九四七年）という文章を書いている。アルトーが多大な同情と共感を寄せたゴッホもまた、聞こえすぎる耳を持っていたために、みずからの手で耳を切り落としたのだ。[16]

兵藤は「聞こえすぎる耳」を共通項として、アルトーにおける「芳一からゴッホへ」の道筋を辿っているが、芳一の物語を執筆してから二十年以上も経っている時点でアルトーがどれほど芳一の物語を思い浮かべているのが正直言って明らかではない。しかし『ヴァン・ゴッホ　社会が自殺させた者』を読む限り、アルトーはゴッホの中にもうひとりの芳一を見出したことは間違いないように思う。アルトーは言う。

こういうわけで、ヴァン・ゴッホ以後誰ひとりとして、この巨大なシンバルを、この超人間的な、永久に超人間的な鈴をふり動かすことはできなかったようだ。この世の事物はこの鈴の圧縮された秩序にしたがって鳴りひびいている。もっともそれは、人びとが、この世の事物の海嘯《かいしょう》のようなざわめきを理解しうるほど充分に開いた耳をもっている場合の話だ。

かくして、燭台の光は鳴りわたる。緑色の藁で作った肘かけ椅子の上の火のついた燭台は（中略）鳴りわたる。(17)（OC13：30　傍点引用者）

アルトーは思わず「この世の事物の（中略）ざわめきを理解しうるほど充分に開いた耳をもっている場合の話だ」と記しているが、これが兵藤の言う「聞こえすぎる耳」そのものなのだ。ではアルトーが繰り返し「鳴りわたる」と言っている「この世の事物の海嘯《かいしょう》のようなざわめき」とは何か。アルトーは再び「耳」という言葉を用いながら言う。

なぜ、ヴァン・ゴッホの絵は、このように、私に対して（中略）いわば墓の反対側から見たものといった印象を与えるのだろうか。

なぜなら、それは、彼が描いた痙攣するような風景や花のなかで、生きまた死ぬ、かつて魂と呼ばれたものの歴史の全体ではないだろうか。

かつて、肉体にその耳を与えた魂、その魂をヴァン・ゴッホは、彼の魂の魂そのものに返した（以下略）（OC 13：51　傍点引用者）

図1　「鳥の飛ぶ麦畑」（1890年７月）

アルトーは「生きまた死ぬ、かつて魂と呼ばれたものの歴史の全体」とはっきり言っている。そう、アルトーによれば、ゴッホ晩年の絵画に頻出する痙攣するような風景こそ、まさに死者たちのざわめきそのものなのだ。だから、アルトーは「ヴァン・ゴッホの絵は（中略）言わば墓の反対側から見たものといった印象を与える」と言うのである。死霊のいる世界を描いていると言っているのだ。アルトーはゴッホが描いた「鳥《からす》の飛ぶ麦畑」（国立フィンセント・ファン・ゴッホ美術館蔵）（図1）を前にして、次のように記す。

あの烏の絵に戻ろう。

誰かすでに眼にしたことがあるだろうか、この絵に見られるように大地が海とひとしくなるような眺めを。

（中略）

大地は、液体である海のような色彩はもちえない。だがしかし、ヴァン・ゴッホは、その大地を、まさしく液体である海として、言わばひたすら鋤でもふるうようにして、画面に投ずるのだ。

そして、彼は、その画面を、酒糟《さけかす》色で浸す。葡萄酒のにおいのする大地が、麦畑の波のただなかで立騒ぎ、低く垂れ下がり空のいたるところに重なりあった雲に、波頭のように暗いとさかをふり立てている。(OC 13 : 57)

畑である大地があたかも海のようになり、その海は次第に波が立ち、波頭が見えるようになる。そのうち、その「大地＝海」は荒れ始めて「立騒ぎ」、やがて「暗いとさかをふり立て」るようになる。するとどこからともなく「海嘯のようなざわめき」が聞こえはじめ、やがて「かくれた魔物や伝説的な平家の者どもの飛び交うのを」感じるようになる。そのざわめきはもしかするとハーンが日本海の浜辺で聞いた海鳴りと重なるのではないか。

目が覚めた時は夜中で、本物の海が闇の中で囁《ささや》いているのが聞えた。仏海《ほとけうみ》の潮の流れに乗って精霊《しょうりょう》たちが帰って行く。その広漠《こうばく》たる嗄《しやが》れ声が、はるかかなたから、ざわめくように聞えたのであった。(18)(WLH6 : 210 平川祐弘訳)

三　アルトーからゴッホへ

ここでアルトーを経てゴッホとハーンが結びつく。もとよりゴッホにはつゆ知らぬ事態かと思われる。しかし本当にそうだろうか。ゴッホ自身も芳一が聞き取ったと同じ死霊の声を聞かなかったであろうか。美術評論家の高階秀爾はそのゴッホ論において「ゴッホにおいては、星空は、ほとんどつねに、死者への想いに結びついている」[19]と述べた後に、親しかった友人マウフェの死がいかに大きな心の打撃であったかを表わしているゴッホの手紙を紹介した上で、「ゴッホは、まるで、星月夜を描くことによって、マウフェの魂と語り合いたいとでも望んでいるかのようである」（一九一頁）と記している。そのゴッホの手紙（弟テオ宛の手紙、一八八八年四月）の一部を引用しよう。

マウフェの死は僕にとって痛烈な打撃だった。（中略）
僕はまた、糸杉のある星月夜か――あるいは熟れた麦畑の上の星月夜を描かなければならないと思っている。ここにはとても美しい夜がある。僕はずっと続けて仕事をしたいという熱に取り憑かれている。[20]（CG3 : 72. 474）

同じ年の七月にはもっとはっきりと語っている、次のような手紙が書かれる。これもテオ宛である。

画家たちは（中略）死んで埋葬された後、次の世代に、さらにはその後の幾世代に、作品によって語りかける。

それだけだろうか、それともそれ以上のことがあるのだろうか。画家の生涯において、死は、おそらくもっとも難しいことではないだろう。

僕はそのことについては何も知らないとはっきり言おう。だが、星を眺めているといつも、地図の上で村や町を表わす黒い点を見る時と同じ単純な夢想に誘われる。あの天空の輝く点が、フランスの地図の上の黒い点以上に到達しにくいなどということがどうしてあろうかと自問するのだ。

タラスコンやルーアンに行くために汽車に乗るのなら、星に行くのには死に乗ればいい。この考え方のなかで疑いもなく真実であることは、われわれは生きているかぎり星に行くことはできないし、また死んでしまえば汽車には乗れないということだ。（CG3：195. 506）

そしてさらに次の手紙（同年九月）はどうだろうか。これもテオ宛である。

同封したのは、三十号の小さなスケッチで、ガス燈の下で夜描いた星空の絵だ。（中略）僕は――そう、あえてその言葉を使うなら――宗教に対する恐ろしいほどの欲求を感じる。そういう時には、僕は野外に出て星を描くのだ。そしていつも、親しい仲間たちの姿をそこに描き出した作品を夢見るのだ。（CG3：325-326. 543）

ここにある「親しい仲間たちの姿」とは、もちろん、生きている友人たちを意味しているだろう。しかし同時に、さきに死んだマウフェをはじめとする多くの死者も意味していると思う。だからこそ「宗教に対する恐ろしいほどの欲求を感じる」という表現を用いているのであろう。言うまでもなく、この場合の宗教とは、キリスト教というような具体的な宗教を意味しているわけではない。もっと漠然とした意味、いわば死者との交流というような意味合いで使っている。したがって野外に出て星を描いているとき、ゴッホは星空に浮かぶ死者の霊と交感し合っているのではないか。そしてこの星空とほぼ同じ意味でゴッホが用いているモチーフに糸杉がある。糸杉は西欧の図像学的伝統に従えば「死」と結びついているとのことだが、[21]糸杉と星空とが結びついた有名な作品に「星月夜」（ニューヨーク近代美術館蔵）（図2）がある。背景は、画面右から左になだらかに下がってくる山々で、その手間に屹立する尖塔を持った教会といくつかの家が見える。空には互いに横S字型で絡み合う二つの巨大な雲が不気味に渦巻き、黄色い巨大な三日月と、その他大小の星が凄まじいまでに光り輝いている。それらを刺し貫く形で、画面左手前に一本の大きな糸杉が黒々と燃え上っている。こうした糸杉を前にしてゴッホは語る。次に引用するものは、一八九〇年二月に批評家オーリエに宛てて書かれた手紙である。

糸杉はプロヴァンスの風景では特に特徴的なものです。（中略）自然を前にしたとき僕をとらえる感動は内部で高まって、ついには失神を起こします。そうなると結局半月ほどは仕事ができないことになります。（中略）あなたに贈ることにした習作は夏のミストラルが吹く日中の麦畑の一隅にあるこの木の一群を表現しています。ですから、これは環流する大気にゆらめく青の中に包まれたある種の黒の調子なのです。（CG3：656. 626a）

図2　「星月夜」（1889年6月）

ゴッホは「自然を前にしたとき僕をとらえる感動は内部で高まって、ついには失神を起こします」と書くが、しかしその前にある「糸杉はプロヴァンスの風景では特に特徴的なものです」という一節を私たちは忘れるわけにはいかない。この場合の自然とは明らかに「糸杉のある風景」を指している。そのためゴッホは眼にしている自然とは、糸杉のある風景、すなわち死に包まれた風景と考えるべきだろう。だからこの一節は、死者の霊との交感のなかで「僕をとらえる感動は内部で高まって、ついには失神を起こします」と読むべきではないか。そして「環流する大気にゆらめく青の中に包まれたある種の黒の調子」とは、さきに触れた「星月夜」と同様、この時期のゴッホ特有の、大きな渦巻くような空の大気の流れの中に聳え立つ巨大な糸杉の姿を示していると思われる。と同時に、糸杉＝死という連想から、アルトーも触れた「烏の飛ぶ麦畑」に描かれた黒い烏をどうしても思い浮かべてしまう。暗い青を主調とする渦巻く空に無数に群れ飛ぶ黒い烏は、かくして、糸杉の黒と重なり合いながら、死霊そのものの群れへと導いて行くように思われる。ゴッホは、死の直前にあたる一八九〇年七月一〇日頃、弟テオ宛の手紙のなかで言う。

あれから、ここへ帰ってきてまた仕事にとりかかった。（中略）自分の望むものはよくわかっていたので、あれからさらに三点の大きなカンヴァスを描き上げた。それらは不穏な空の下の果てしない麦畑の広がりで、僕は気がねせず悲しみと、極度の孤独を表現しようと努めた。（CG3：729. 649）

二〇〇九年にアムステルダムにあるヴァン・ゴッホ美術館が中心となって刊行した『絵画添付・ゴッホ書簡全集』（全六巻）の編者によれば「僕は気がねせず悲しみと、極度の孤独を表現しようと努めた」という文章において、最初は「僕は気がねせず悲しみを表現しようと努めた」であったものを、後に「極度の孤独」という言葉を付け加えたとのことである。(22) それほどゴッホは強い孤独を感じていたということなのだろう。こうした「極度の孤独」のなかで、ゴッホはしかし、死者と交感し、星空への旅を思い描いていたと思われる。だがそれはゴッホにとって苦痛に満ちた旅ではないだろう。というのも現実のゴッホは定期的に襲ってくる発作に悩まされ、「地上の世界で彼の存在を支えていたものは、次第に失われて生きつつあった」（高階、二三四頁）からである。そして実際にゴッホは一八九〇年七月二九日、弟テオに見守られて、星の世界にひとり旅立ったのだ。

第二部　「異国」との遭遇

第三章　「帰還しない旅」の行方――「夏の日の夢」を読みながら

一　帰還する旅と帰還しない旅

平成十二（二〇〇〇）年刊行の編書『異国への憧憬と祖国への回帰』に収められた論文「日本への回帰か、西洋への回帰か――ハーンの『ある保守主義者』」おいて、編者でもある平川祐弘は、日本人の西洋への憧憬と祖国への回帰という姿を「きわめて適確に、しかも感動的に、描いた最初の人は、実は日本生まれの人ではなく、西洋から一八九〇年に来日したラフカディオ・ハーン（一八五〇―一九〇四）であった。彼の A Conservative（『ある保守主義者』）は、一八九六年（明治二十九年）、来日第三作の『心』に収められるが、これはこの種の考察中の白眉である」[1]と述べている。平川は、すでにその十三年前に刊行された『破られた友情――ハーンとチェンバレンの日本理解』において、この作品をきわめて詳細に分析し、次のように結論づけている。

ハーンの作中に描かれた日本回帰の心の軌跡は、その後の他の誰の遍歴にもまして、明確かつ典型的である。(2)

その心の軌跡を見事に描いた箇所が「ある保守主義者」(講談社学術文庫版・小泉八雲名作選集では『日本の心』に収録)の最終節である。該当箇所を引用する。

流浪《るろう》の旅から帰って来たその人の耳には、「ああ、皆さんは下の方ばかり見過ぎますよ。もっと上を、もっとずっと上を御覧なさい」という言葉が響き続けた。そしてその言葉は、彼の胸中に湧きあがる抗《さから》いがたい、大いなる無限の感動と、いつか茫洋《ぼうよう》たるリズムをあわせた。(中略)もう空高くの富士の山も(中略)また近代日本の一切《いっさい》の事物も、彼の眼には見えなくなった。その時彼の心の眼に見えたもの、それは古き日本であった。(中略)ふたたび彼は父の屋敷の中の小さな子供に返った。(中略)ふたたび彼は母親の手がそっと自分の手を握ったのを感じた。毎朝毎朝、神棚の前、御先祖様の御位牌《ごいはい》の前へ幼い足取りの自分をお詣りに連れて行ってくださった母親の手を。(3)(WLH7:421-422 平川祐弘訳)

日本回帰の象徴としての富士山の描き方の見事さは言うまでもない。しかし最終節の魅力はそれだけではない。それは、平川が言うように「母なる世界への回帰は、幼時に母と生き別れたラフカディオにとっては、永遠の主題であったが、いま母なる世界への回帰と母国への回帰の二つの主題がこの作品の結びでもものの見事に合一(4)している点である。雨森信成《あめのもりのぶしげ》の日本回帰が、ハーンの「個人神話(5)」と深く結びつき、ある意味では、ハーン自身も雨森と共に「母なる故郷」に帰還しているのである。

しかしその一方で、帰還しないハーンもいる。それは、『光は東方より』(*Out of the East* 一八九五年、来日第二作(6))の巻頭を飾る、ハーンの実体験を材料とした作品「夏の日の夢」(The Dream of a Summer Day)(講談社学術文庫版では『日本の心』に収録)のなかに描かれている。この辺の詳しい経緯は、仙北谷晃一が『人生の教師　ラフカディオ・ハーン』所収の論文「ハーンと浦島伝説――「夏の日の夢」の幻」において丹念に論じている以上、ここでは繰り返さない。しかしながら「〔ハーンの＝引用者注〕永遠の故郷への思慕を縦糸《たていと》に、浦島伝説解釈への試みを緯糸《よこいと》に、作者の心の生地《テクスチュア》がすかし見られるような(7)」と、仙北谷が評するこの作品は、ハーンその人を思わせる主人公――以下、論述の煩わしさを省くために単純にハーンとする――が、ある旅行からの帰途、たまたま滞在した旅館の名が浦島屋であることから浦島伝説へとその連想が進み、そこから次第に自分自身による浦島物語を語り出すというものである。しかしその根底にあるのは、仙北谷も言うように「永遠の故郷への思慕」である。

この作品は「〔開港場のホテルから逃げ出し、ようやく辿り着いた旅館で＝引用者注〕再び浴衣《ゆかた》に着替え、涼しげな畳の上に坐って(中略)やっとくつろいだ気分に」(WLH7 : 5 仙北谷晃一訳)なったハーンが美しい旅館の女主人と出会うところからはじまる。さきにも触れたように、旅館の名前が浦島屋であることから、物語が動き出す。

その女《ひと》〔旅館の女主人＝引用者注〕は言う。「でもうちの名前でしたら、浦島屋と申します。今から俥を頼みに参りましょう」

美しいその声が私の傍をとおりすぎた。すると辺りにすーっと魔法が下りた――かすかに顫《ふる》える幻の蜘蛛の糸さながらに。その宿の名は、人の心を魅了して止まないある物語の名前であった。その物語は一度聞いたら忘れることがないだろう。毎年、夏、海に来る機会があると（中略）私はその物語を思い出す。（WLH7：4-5）

かくしてハーンは浦島の物語をひとしきり語る。その語りが終わると、頼んでおいた俥が旅館「浦島屋」に到着する。ハーンは「俥屋のお支払いは七十五銭でよろしゅうございます」という女主人の声を背に俥に乗り込む。

こうして私は俥に乗り込んだ。五分と経たないうちに道は曲って、くすんだ小さな町並みは見えなくなった。私は浜を見下ろす白い道を俥に揺られ続けた。（WLH7：12）

ハーンは俥の心地よい振動に身を委せる。辺りはすべて青い世界に包まれる。ハーンは再び夢想の世界の中に入って行く。するとまたしても浦島の物語が登場してくる。しかし今度はそこに現実が混じり合う。

何マイルも浜辺を揺られながら、私は果てしない光の世界に見入っていた。すべては青の中に浸されていた（中略）。それにしても雲のたたずまいはいかにもこの世ならぬものに思われた。浄化の光に洗われた霊とも見える白い雲は、涅槃《ねはん》の至福へ到る途上で休息のひとときを過ごしているのだろうか。それともあれは一千年前に浦島の玉手箱《たまてばこ》から逃がれ出た煙の名残りであろうか。ぶよにも等しい私の魂は、海と太陽に育《はぐく》まれた、その青い世界へとあこがれ出た。一千四百年の夏のまばゆい幻影をつき抜けて、羽音の唸《うな》りも軽やかに住の江の岸べに戻って来た。私の体は何だか漂う舟の揺れのようなものを感じたように思った。時は雄略帝《ゆうりやくてい》の時代であった。そして海神の姫君は玉をころがすような声で言った。「さあ父の御殿へまいりましょう。いつも青い父の御殿へ」

「どうしていつも青いのです」私は尋ねた。

姫は答えた。「雲をみな箱の中に入れてしまったからです」

「でも私は家へ帰らなくてはなりません（But I must go home）」私はきっぱりとそう言った。

（中略）

と共に夢からさめた私は土用《どよう》の日盛りの真只中《まつただなか》にいた。時は明治二十六年であった。(WLH7：12-13)

夢想の世界にさまよい出たハーンは、あたかも浦島その人のように「住の江の岸べ」で海神の姫君と出会う。その姫君が「父の御殿へまいりましょう」と誘う。これに対し、ハーンは浦島とは異なり「でも私は家へ帰らなくてはなりません」と断わる。竜宮に赴いたならば二度と故郷に戻れなくなってしまうことをよく知っているからだ。だからこそ「玉をころがすような声」で姫君が誘っても、ハーンはその誘惑に乗らなかったのである。ハーンにとって、それほど「帰還」が切実であったのだ。そのためか、ハーンは浦島の物語のなかに、帰還できなくなった者たちの姿を執拗に見出す。浦島は言うまでもない。ハーンはさらに、物語にはない後日談として、帰還すべき夫の帰りを空しく待っている乙姫の姿にも注目する。

綺羅《きら》を尽くして飾られた竜宮城で、空《むな》しく夫の帰りを待っている乙姫《おとひめ》の姿が浮かんで来た――そこへつれなくも雲が帰って来て、一部始終を告げる――立派な礼装に身を包んだ、心優しい形怪しき海の生物たちが何とかして乙姫を慰めようと心を砕く。(WLH7：16)

実際、乙姫からすれば、浦島物語とは向こう側に行ったまま結局は自分のところに帰還しなかった男の物語と言えるからだ。このようにハーンは、この物語のなかに、未知の世界に心躍らせながら竜宮に赴く浦島の姿ではなく、「帰還」という観点から眺められた浦島の姿に注目する。そうしているうちに、次第にハーンは、自分自身も結局は帰還できなかった者のひとりであることに気づく。これがこの物語のクライマックスである。

私はある場所とある不思議な時を覚えている。その頃は日も月も今よりもっと明るく大きかった。それがこの世のことであったか、もっと前の世のことであったかは定かでない。（中略）そしてその国と時間とをやさしく統《す》べる人がいて、その人はひたすら私の幸福だけを願っていた。（中略）遂に別離の日がやってきた。その人は泣き、いつかくれたお守りの話をした。決して決してなくしてはいけない、それさえあればいつまでも年はとらず、帰る力（power to return）が得られるからと言った。しかし私は一度も帰ることをしなかった（But I never returned）。年が過ぎ、ある日ふと気づいてみたら、お守りはなくなっていて、私は愚かしい齢《よわい》を重ねているのだった。（WLH7：17–19）

再び仙北谷の言葉を借りれば、「ハーンの浦島憧憬の根源にあるのは、ここに描かれているような経験だった。（中略）これがハーンの一生を支配するほどの重みをもつ出来事、原体験とでもいうべきものである事実は否定できない。そしてその時間と空間とをやさしく統《す》べる人とは、あんなに悲しい別れ方をした母、ローザ・カシマチであることは、改めて断わるまでもないだろう[8]」となる。かくして私たちは再びハーンの「個人神話」に行き着く。しかし「ある保守主義者」とは異なり、ここでのハーンは母なる世界への帰還ができなくなっている。しかも重要なのは、「私は家へ帰らなくてはなりません」とあったように、ハーン自身は強く戻りたいと念じつつも、ある日ふと気づくと、自分も浦島と同じく、いつの間にか帰還できなくなっていたという点である。

しかし私は一度も帰ることをしなかった。年が過ぎ、ある日ふと気づいてみたら、お守りはなくなっていて、私は愚かしい齢を重ねているのだった。

But I never returned. And the years went; and one day I knew that I had lost the charm, and had become ridiculously old.

ではどうして帰還できなくなってしまったのか。その理由はもちろん明らかではない。ハーン自身も明らかにしていないし、おそらく彼自身にも明らかではないのだろう。しかしあるとき、自分が帰還できなくなってしまっていることに気づく。途中で何かが生じたのだ、決定的な何かが。しかしその「何か」は明らかにならない。こうした姿をハーンはある悲しさと諦めが混じった形で描いている。

二 「夏の日の夢」の真のテーマとは何か

ハーンはさらに、帰途の際に立ち寄った街道筋の休息所（長浜村）で見た光景から、ある昔話を思い出す。それはいわゆる若返りの泉の物語である。ハーンは語りはじめる。

昔、昔、ある山の中に貧しい木樵りの夫婦が住んでいました。二人ともたいそう年をとっていましたが、子供がありませんでした。（WLH7：20）

ある日、老人は山奥で小さな泉を見出す。喉が渇いていた老人はその水を飲む。すると自分が若々しい青年になっていることに気づく。びっくりした男は急いで自分の家に戻り、事の次第を自分の妻である老婆に告げる。それを聞いた老婆は自分も同じように若返ろうと、その不思議な泉のある山の奥までひとりで赴く。しかしいつまで待っても帰ってこない。心配になった男は自分の妻を探しに行く。

泉のところへ行ってみても妻の姿はありません。しようことなく帰ろうとすると、泉の傍の高い草の間から小さな泣き声が聞こえます。その辺りを探してみると、妻の衣服と赤児が一人、目に留まりました――生後六ヶ月ぐらいかと思われるまだ小さな赤児でした。

おばあさんは魔法の水を余りに飲み過ぎたのでした。青春を通り越して、口のきけない幼年期に至るまで、泉の水を飲んでしまったのです。

彼は赤児を抱き上げました。赤児はいぶかるような悲しい目で彼を見上げました。（WLH7：22）

男は、赤ん坊の衣服が妻の身につけていたものと同じであることから、その赤ん坊が「魔法の水を余りに飲み過ぎた」ために「青春を通り越して、口のきけない幼年期に」なってしまった自分の妻であることを悟る。これがこの物語の結末である。しかし本当にそうであろうか。この赤児が本当に帰ってこない老婆なのであろうか。この話もまた「帰還できない人間」の話と考えることができるのではないだろうか。実際、どうして老婆が帰ってこないのか、この物語ではそれは明らかにされていない。しかし何らかの事情から老婆は帰還できなくなってしまった。もちろん、その理由として、夫より若くなろうとして魔法の水を余りにも飲みすぎたからと（男のように）推測することもできるであろう。しかし実際には明らかではない。ただ結果として、老婆は帰還しなかったということである。やはり山奥で何かが生じたのだ。しかしその「何か」は明らかにならない。

このように考えてくると、浦島も、故郷の住人である住の江の人たちから見れば、海の彼方で何かが生じた結果、帰還できなくなってしまった存在と言わざるを得ない。ではその「何か」とは何か。これに関しては実際のところは明らかにはならない。したがって故郷の人たちは「浦島が溺れ死んだ」と推測するしか手立てがないのである。

山の奥や海の彼方というような、遙か遠方の地に行った人が、それきり二度と帰ってこない場合、あるいは帰還したとしてもすっかり変貌してしまった場合、こちら側にいる人間は、遙か遠方で何かが生じたのだと想像するしかない。そもそも、遙か彼方への旅とは、その地がどこであろうと、単なる往復運動には解消できない、さまざまなものが取り憑いてしまうものではなかろうか。そのためにすっかり変貌してしまう場合もあるだろうし、結局、帰還できなくなってしまう場合もあるだろう。異国体験とは基本的にこのような体験を指すのではないだろうか。

こう考えると、「夏の日の夢」の真のテーマは、しばしばそう考えられているように「忘却」や「自己憐憫」ではなく、実は、言葉の広い意味での異国体験なのではないだろうか。その意味では、コンラッドの『闇の奥』と浦島物語との接点をいち早く見出した西成彦の次の言葉はきわめて示唆的である。

> 『闇の奥』を契機として、西欧文学は、浦島太郎の系譜との接点を見出すことになる。外部から訪れるものに決定的に変質を加え、生きて返すにしても、ゾンビのようにしてしか生き残ることを許さない極限的な場としての「闇の奥」。その「闇の奥」で何があったかを、ゾンビたちは堅く口をつぐんで、もう語ろうともしない。(9)

西が言うように、クルツの身に何が生じたのか、コンラッドのテクストは何も語らない。ただある決定的な瞬間にクルツが身を翻して異郷の森の奥に戻っていったこと、[10]そして最期に〈The horror! The horror!〉「地獄だ！　地獄だ！」という言葉を残して死んでいったこと、[11]これだけである。しかし何かが生じたことは確かである。西の言葉を借りれば、「決定的に変質を加え」られ、その結果、クルツは帰還することができなくなったのである。こうしたクルツを、西はロビンソン・クルーソーとの対比で以下のように言う。

オデュッセウスの系譜の上に成立したロビンソン・クルーソーの物語は、西洋植民地主義《コロニアリズム》の時代を支える冒険者像の原型を提供した。そのロビンソン・クルーソー型冒険者の像に翳りの見え始めるのが、十九世紀後半である。（中略）

ジョーゼフ・コンラッドが『闇の奥』（一八九九年）に描いたクルツは、これら帝国主義時代の英雄たちの極端にゆがめられた戯画的な姿である。そして、クルツはもはや十分な意味における英雄ではない。ロビンソン・クルーソー的英雄は、クルツにおいて、完全に反＝英雄へと反転する。[12]

このように論じることで、西は浦島の物語を一挙にポストコロニアル的な問題構成のなかに位置づける。かくしてハーンが「夏の日の夢」のなかで描いた帰還不能の物語はきわめて今日的な文脈のなかに浮かび上がることになる。浦島だけではない。山奥に行ったきり帰ってこなかった老婆もロビンソン・クルーソー型冒険者の「ゆがめられた戯画的な姿」ととらえることが可能なのだ。さらには、一度も帰ることなく時間が経ち「ある日ふと気づいてみたら、お守りはなくなっていて、私は愚かしい齢を重ねているのだった」というハーン自身の姿もクルツ＝浦島に重ね合わせて考えることができるであろう。問題は、未知の世界へと意気揚々と出発する冒険者の姿ではなく、行ったきり二度と帰還できなくなってしまった失踪者の姿であり、仮に帰還したとしても著しく変貌してしまった敗残者の姿なのである。

ヨーロッパによる新大陸発見以来、多くの旅行記が書かれてきた。そこで展開されている大きなテーマは、言うまでもなく、未知なる「他者」との遭遇である。たしかにこれまで、たとえばアフリカやアジアを舞台として、そうした遭遇がいろいろな形で行なわれてきた。しかしロビンソン・クルーソーに典型的なように、「他者」とは言いながら、ある限定した形での、いわば括弧付きの「他者との遭遇」でしかなかったのではないだろうか。「善き野蛮人」(le bon sauvage) という表現に見事に表わされているように、これまでは「他者」が持つ本来の恐怖が描かれてこなかったのではないか。[13] ポール・ボウルズの短編集『優雅な獲物』の訳者でもある四方田犬彦は、その解説のなかで次のように述べている。

南モロッコの方言調査を企てた白人の教授が、正体も定かでない現地人に誘われるままに町外れをどこまでも歩かされ、窮地に陥る。（中略）知の探求を志した者がいつしか境界を踏み外して、認識も制御も欠いた非知の領域に及んだときに見えてくる、世界の「外部」の諸相こそがここでは問われているのだ。十九世紀後半のライダー・ハガート的な冒険家の帰還はもはや許されていない。あまりに遠くへ行きすぎた者の、帰還の困難と、それを静寂のうちに見守る砂漠だけがここに描かれていることのすべてである。[14]

実際、世界は平和な存在に満ちているばかりではない。むしろいたるところにディスコミュニケーションがあり、暴力がある。こうした状況を考えるならば、今日考えるべき旅とは、ロビンソン・クルーソーのような調和型の円環的旅ではないだろう。むしろ、四方田の言うように、あらゆる共同体の外に出てしまったために、まったく異質な他者と遭遇してしまい、結局は帰還できなくなってしまう旅なのではないだろうか。

三　もうひとつの浦島物語──「リス」

こうした観点からすれば、「ある保守主義者」に描かれた帰還の様子にはやはり不満を覚えざるを得ない。これに関し、平川祐弘は、さきにも触れた論文「日本への回帰か、西洋への回帰か」においてすでに次のように述べている。

短編作家であるハーンは、複雑な、相矛盾する心理をあえて描こうとせず、物語の明晰性を尊んだということであろう。（中略）富士山が日本人に対して持つ霊峰としての精神的意味をもこめて描き出したのである。そのようなエンディングの描写の際には、芸術的統一という観点からして、主人公に気持の迷いがあってはならない。[15]（傍点引用者）

簡単にいえば、「ある保守主義者」の場合、傍点箇所に明らかなように、いわば物語の原理に従ったというわけである。その意味では、平川が「ハーンの作中に描かれた日本回帰の心の軌跡は、その後の他の誰の遍歴にもまして、明確かつ典型的である」と言うのはまさにその通りである。しかしその分、日本回帰というきわめて微妙な問題を、しかも個々に応じてそのつどひとつひとつ注意深く取り扱わなければならないときに、この作品はあまりにも定型的過ぎる。この点に関し、西は『耳の悦楽』において次のように述べている。

ハーンのあずかり知らないところで、同じころ、日本では、鷗外が『舞姫』を書き、太田豊太郎の「母国への復帰」を描く「定型」を崩してまで、その小説をベルリン体験の後味の悪い思い出から始め、そのまま蛇足なしに締めくくった。（中略）それを考えれば、ハーンが雨森の伝記を下敷きにして書き上げた物語が、「定型」と呼ぶにしても「定型」に殉じたと言えなくもない月並みさを秘めていることは確かである。[16]

とはいえ、西は必ずしもハーンを非難しているわけではない。ハーンがこのように「定型」にしがみつくことでむしろ逆に見出したものがあると言っているのだ。西はこのように続ける。

明治期の日本人作家たちが、洋行体験の多様性を、それぞれの流儀に従って表現しえたのに対して、ハーンが、「洋行帰りの保守主義者」という「定型」にしがみつきながら、雨森の洋行を、非＝西洋世界から西洋世界への移行を経験した無数の非西洋人の経験のひとつとして相対化できたということにこそ、ハーンという作家の独創性があった。[17]

西の言う通りである。しかし同時に、ハーンがすべて「定型」に殉じたわけでもないことにも注意を促したい。むしろハーンは、「夏の日の夢」という作品において、「「母国への復帰」を描く「定型」を崩してまで」帰還不可能となった浦島の姿に執着し、さらには自分自身もそうした浦島になぞらえることさえしたのだ。そしてこの執着はかなり以前からあったと思われる。というのも、ハーンは、来日以前に、すでに似たような物語を描いているからだ。それもかなりの熱心さでもって。その意味では、ハーンは浦島伝説に出会うべくして出会ったとも言えるだろう。その物語とは、二度目のマルティニーク島滞在時期に執筆された作品「リス」（Lys）のことである。ある手紙のなかでハーンは次のように記している。

その間に私は「リス」という小品に一生懸命、取り組んでいます。見込みはそう悪くありません。もう原稿用紙で七十枚ほど仕上げました。素朴なクレオールの少女の心に刻まれたニューヨークの印象を描く作品です。(18)

ただ残念なことに、この作品はハーンの手によって結局は破棄されてしまい、今ではその全貌を見ることができない。しかしながら幸いなことに、ハーンは『仏領西インド諸島の二年間』（一八九〇年）というスケッチ集の最後に「リス」という同じタイトルの短編を残している。破棄された作品が、小品と言いながらもかなりの長さを持つのに対し、この短編はまさに単なるスケッチに過ぎない。したがってこの短編が破棄した「リス」をどの程度踏まえているのか、正確なところは分からない。しかしハーン書簡での言及(19)を踏まえながら、この短編を注意深く読んでみると、ハーンの執着がある程度は見えてくるように思われる。

短編スケッチ「リス」は、ハーンとおぼしき人物「私」がマルティニーク島を去る日の朝の場面から始まる。波止場でニューヨーク行きの汽船を待っている「私」は、そこでひとりの白人娘を見かける。その名はリスと言い、「生まれ故郷のこの島を永久に去って、これから家庭教師《ガヴァネス》になりにニューヨークへ行こう」[20]（WLH4：128）というのである。同じ船に乗り合わせた「私」はこの娘の身を案じながら、南の熱帯地方を離れることへの想いを幾度も口にする。汽船は次第に北に向かう。辺りの風景からは熱帯特有の輝きが失われてくる。

どんよりとした朝で、肌寒い。生気のない空と陽のあたらない海。見通しのきかない灰色の海をくすんだ水平線がまるく囲んでいる「北国」の薄暗い空。（中略）そんなとき、後に残したまま、もう消えてしまった紺碧の空が、狂おしいほど、恋しくて堪らなくなってくる。（WLH4：138）

やがて船はニューヨークの港に近づく。しかし明るい未来が待っているわけではない。それを暗示する描写が続いた後、リスが大都会の大波の中に埋没してしまうとされている。これがこの作品の最終場面である。

手すりにつかまりじっと黙り込んで立っている娘さんには、こうした光景がすべてどんなに物珍しく映ったことだろう。生まれ故郷の西インド諸島のあのサファイア色の空や、熱帯地方のあの偉大な天藍石《てんらん》のような海の輝きを見慣れた目には、このヴェールをかぶったような世界はなんと不気味に見えたことだろう。（中略）そしてこれから間もなく、私たちが互いにこの「大都会」の百万人の生活の大波の中へ、それぞれが永久に埋没してしまうときが来た暁には、そなたは数々のより大きな驚異を見ることになるだろう。（WLH4：139-141）

しかしながらこの短編スケッチのなかでもっとも注目すべきは、「私」が大きな椰子の木に仮託してリスに呼びかけている場面（第四章）に見られる、次のような表現である。

聴け、そなたがこれから行こうという土地は、冷酷で灰色の世界だ。風が肌を刺すような世界だ。奇妙な神々の世界だ。それは過酷にして不毛な世界だ。（中略）そしてそこで、もしそなたが永久の眠りにつくことになったときには、子よ、その土地はそなたを天まで持ち上げるだけの力を持たないだろう。巨大な石の重みがそなたを永遠に押しひしぐであろう。（WLH4：131）

右の引用にある「巨大な石の重みがそなたを永遠に押しひしぐであろう」（vast weight of stone will press thee down forever）という表現に注目したい。「巨大な石」とは、北国の強烈な寒さがもたらす氷塊などがイメージされていると思われる。そしてその強大な氷塊で、南国出身の娘があたかも押しつぶされてしまうかのようだと言うのである。さきに、リスは「大都会の大波の中へ（中略）永久に埋没してしまう」という一節を引用したが、実際には、北のこうした厳しい寒さにまず押しつぶされ、その後に埋没してしまったのではないかと言いたいほどである。そしてこの表現はすぐさま、ハーンが語りなおした浦島物語の最終場面の一節を思い出させる。

次の瞬間には浦島の様子が変っていました。氷のような冷気が血管を走り抜けました。（中略）浦島は生気を失って砂浜に倒れてしまいました。四百年の歳月の重みに打ちひしがれたのでした。

In another, he himself was changed. An icy chill shot through all his blood (...) he sank down lifeless on the sand, crushed by the weight of four hundred winters.（WLH7：11）

これは、浦島が乙姫からもらった玉手箱を開けた瞬間の描写である。その瞬間、浦島は急速に四百年の時間経過を一身に浴び、そのまま滅んでしまうことになる。その際、ハーンは「リス」の一節と同様、その重み（weight）につぶされるという表現を使っている。いずれも、南からやって来た存在が北の寒さによって押しつぶされるという状況である。もちろん南への帰還はとうていかなわない。さらに重要なことは、浦島物語において、ハーンは four hundred years（四百年）ではなく four hundred winters（四百回の冬）としている点である。ハーンは明らかに浦島物語を南北対立のなかで描いているのだ。この点に関してはすでに西成彦がハーンにおける「南方憧憬」という形で詳細に論じ、さらには「リス」と関連づけて次のように言っている。

マルチニーク時代に書き上げた小説『リス』は、南方での暮らしに慣れ親しんだ人間が、北の文明国に渡ったために激しい郷愁にかられる物語であったほどだ。針路を北にとって帰郷を果たした浦島が味わうことになる絶望感についても、ハーンはすでにそれに心から共感できるだけの人間観察を行っていたのである。(21)

西成彦の言うとおりである。しかし私たちはここで、一点だけ指摘しておきたい。それは、「リス」執筆中に、ハーンは南から北に向かった少女と同時に、北から南に向かった北国の人間の姿も描こうとしていたということである。エリザベス・スティーヴンスンの『評伝ラフカディオ・ハーン』の一節には次の記述がある。

十一月になると、ハーンは（中略）ようやく野心作にとりかかったのである。長さは『チータ』と同じ程度、題名は「リス」とするつもりだった。寒い北国への旅行が熱帯の太陽と雨に育まれた無邪気なクレオールの少女に与える影響を描く作品である。ハーンは先走りをして、「リス」と対をなす物語の構想にも乗り気になっていた。その主題は、「北国の人間が完全に熱帯に魅惑され衰弱してしまうことです。」とオールデンに伝えている。(22)

スティーヴンスンが参照していると思われるオールデン宛の手紙（一八八八年一月八日）は次の

ようである。

> 「リス」と対をなすと思われる物語に取りかかるつもりです。それは、北国の人間が熱帯地方にすっかり魅了され、衰弱してしまう様子を描くものです。（中略）それは「ニニ」（Nini）と呼ばれるでしょう。[23]

こうした記述から判断する限り、ハーンは、南から北への移行、つまり「非＝西洋世界から西洋世界への移行」のみを想定しているのではないと思われる。右の引用にあるように、北から南への移行をも想定しているのである。言うまでもないことだが、ここでの南と北とは単なる空間上の位置関係ではない。もちろん、西成彦の言うような「文明と野蛮」という意味での対立関係だけでもない。それは端的にいって異国とでも言うべき関係にあるのだ。そのため、南に向かった北国の人間は、北に向かった南の少女リスと同様、あるいは「住の江の岸べ」を出て「竜宮」に赴いた浦島と同様、「共同体の外に出てしまったために、まったく異質な他者と遭遇して」しまう「異国体験」が想定されているのだ。実際、先の引用にある「北国の人間が熱帯地方にすっかり魅了され、衰弱してしまう」という一節は見過ごせない。この表現にせよ、「リス」にある「永遠に押しひしぐ」という表現にせよ、いずれにせよ、「異国体験」を経ることによって、失踪したり、大きく変容したりして、二度と帰還できなくなってしまう存在にハーンは執拗にとらわれていたものと思われる。

四　ハーンはどこに行くのか――「夏の日の夢」の終わりから

「異国体験」という観点から「夏の日の夢」を再び読み直すと、最終場面が新たな相貌のもとに立ち現われてくるように思われる。

遠くの方では炎暑そのものの鼓動のように、雨乞《あまご》いの大きな太鼓の音がひっきりなしに響いていた。そして私は竜宮城の乙姫のことを思っていた。

「七十五銭とあの人は言いました」それから私はこう言葉を続けた。「なるほど初めの約束は果たされておりません。でも七十五銭お支払いいたしましょう。――私は神様がこわいのです」そしてまだ疲れていない新しい俥屋の曳《ひ》く俥は、私をのせて、赫々《かくかく》たる夏の日の只中《ただなか》へ――大きな太鼓のとどろき渡る方角へとひた走りに走って行った。（WLH7：23）

もちろん、乙姫との約束を守るために俥賃として七十五銭を支払ったハーンは、約束を守らなかった浦島とは異なり、無事に家族のもとに帰還することができるであろう。しかしこれまでも俥の心地よい振動がハーンの眠りを誘い、さまざまな夢想に耽ることを促してきた以上、これからだってどうなるか分からないではないか、そうささやく声がどこからか聞こえてくる。それに第一、「大きな太鼓のとどろき渡る方角へとひた走りに走って行った」とはどういうことであろうか。この太鼓とは言うまでもなく竜宮の神様である「竜神」との深い関係にある雨乞いの太鼓(24)である。ということは竜宮の方角に向かって進んでいるということなのだろうか。実際、この作品は「私をのせて、赫々たる夏の日の只中へ（中略）ひた走りに走って行った」とあるように、いわば宙吊り状態のまま終わっていて、主人公は未だ帰宅を果たしていない。まさに「ある保守主義者」とは対照的なエンディングである。しかしながら、このように終わるがゆえに逆に、ある余韻とともに、「帰還しない旅」という基本テーマがいつまでも読者の心に刻まれるのではないだろうか。

第四章　ピエール・ロティ、あるいは未だ発見されざる作家

ジョウゼフ・コンラッドの『闇の奥』(1)（一八九九年執筆、一九〇二年刊行）には二人の女性が非常に印象深い形で登場してくる。ひとりは言うまでもなく、クルツの婚約者として物語の最後に喪服姿で現われるヨーロッパ女性である。もうひとりは、危篤状態となったクルツが無理やり蒸気船に乗せられそのまま連行されようとする、その瞬間に突然登場してくるアフリカ人女性である。アフリカ人作家チヌア・アチェベが「アフリカのイメージ――コンラッドの『闇の奥』における人種差別主義」(2)のなかで述べているように、この二人の女性はあらゆる水準できわめて対比的に描かれている。とりわけ、美しい金髪の婚約者がマーロウに向かってしきりにしゃべるのに対して、アフリカ人女性の方はまったく言葉を発しない点。

アチェベが言うように、コンラッドがはたして人種差別主義者であるのかどうか、それについてはここで論じるつもりはない。ただ『闇の奥』という物語は、このアフリカ人女性に声（言葉）をひとつも与えなかったところに成立していることだけは確かであろう。「声」とは、この物語にお

いて、何よりもまず、文明そのもの、理性そのものを表わしている以上、アフリカ人女性に声を与えてしまったならば、文明／野蛮、理性／狂気、進歩／退歩というように、いたるところで見出すことのできる基本的な二項対立が崩壊してしまうからである。

ところが今日、アフリカ人女性に対するそのような描き方に対して、激しい批判が生じている。それは、そうした描き方に典型的に表われている西欧植民地主義的イデオロギー、つまり西欧のみが文明の地であって、それ以外の地域は遅れた野蛮な土地であるとする考え方がもはや私たちにとってはとうてい同意できるものではなくなってしまったからである。言い換えれば、エドワード・サイードの『オリエンタリズム』（一九七八年）の刊行以来、そうしたイデオロギーは、西欧が西欧のために捏造したひとつの物語にすぎないのだという認識が広く行き渡ってしまったからである。

したがってもはや『闇の奥』を、たまたまアフリカという異郷の地で演じられた、西欧人の精神の崩壊劇のひとつとして済ますわけにはいかないのである。そこでは何よりも、アフリカがまさにそうした場所にふさわしい舞台として選ばれているのだという点こそを問題としなければならない。同様のことがアフリカ人女性についても言えるだろう。この女性が一言も声を発しないように描かれていることこそを問題とすべきなのである。とすれば、そうしたアフリカ人女性の「声」ならざる「声」に耳を傾けることこそが今もっとも必要とされているのではないだろうか。そういう意味では、筆者である私はこのアフリカ人女性にいろいろ訊いてみたい。自分を捨てて帰ってしまう白人男性クルツをいったいあなたはどう思っているのか、そもそもあなたはクルツを愛していたのか、それともたまたま一緒に生活していたにすぎないのか。

もちろんこうした問いかけはお遊びにすぎない。しかしこうした問いかけも含めて、『闇の奥』を一度アフリカの原住民たちの側から読み直してみることは絶対に必要なのではないだろうか。するとそこに展開されているのは、オペラの『蝶々夫人』あるいはロティの『お菊さん』と同様、白人男性と有色女性との出会いの物語であることに気づくはずである。しかし『闇の奥』の場合には、白人男性をそのまますんなりと帰らせはしない。事実、クルツはなぜか重い病にかかり途中で死んでしまうのである。この点に関して、西成彦は、そのきわめて挑発的な著作『森のゲリラ　宮沢賢治』のなかで面白いことを言っている。前章でも引用した箇所だが、確認の意味も込めて、ここでもう一度引用しよう。

『闇の奥』を契機として、西欧文学は、浦島太郎の系譜との接点を見出すことになる。外部から訪れるものに決定的に変質を加え、生きて返すにしても、ゾンビのようにしてしか生き残ることを許さない極限的な場としての「闇の奥」。その「闇の奥」で何があったかを、ゾンビたちは堅く口をつぐんで、もう語ろうともしない。「闇の奥」の何であったかを語らせるために、ゾンビをめぐる風聞のすべてに耳を傾けるもうひとり、ゾンビの譫言《うわごと》をさえ真摯に受け止めようとする「耳の人」が必要となったのである。(3)

そう、大切なことは、やはりここでも、「声」ならざる「声」に耳を傾けることなのだ。そうすることによって、それまで沈黙や叫び声しか与えられなかった者たちに個人を発見し、それにふさわしい明確な輪郭を与えてやることなのだ。そのとき彼らはいったいどのような言葉を語りはじめるのであろうか。それは「先住民の言語や植民者の言語や輸入奴隷の言語や新参移民の言語が渾然一体となって流れこんで（中略）ゲリラ的に創造性を発揮する」[5]クレオール言語とでもいうべきものなのだろうか、それともそれは「Ah! Tjean! Toi n'y a pas dire ça, mon blanc! D'abord, singe, lui, n'y a pas connaît manière pour parler, — et moi, connais très bien!」（アー、ヂャン！ ソンナコトイッテイケナイヨ！ ダイイチ、サルハ、ハナスコトシラナイヨ、——アタシハヨクシッテイルヨ！）（渡辺一夫訳[6]）というようなものなのだろうか。

これはピエール・ロティの三作目にあたり、実質的にはその最初の小説ともいえる『アフリカ騎兵』（*Le Roman d'un spahi* 一八八一年）から抜き出したものである。そこでヂャン（Tjean）と呼ばれている主人公ジャン・ペーラル（Jean Peyral）とは、アフリカ騎兵としてセネガルに駐留しているうちに、土地の黒人女性ファトゥー・ゲイ（Fatou-gaye）と親しくなり、そのままずるずると居続け、その結果とうとうフランスに戻れなくなってしまった人物である。したがってこの作品は、基本的には『闇の奥』と同じく、アフリカに行ったまま戻れなくなってしまった白人男性の物語である。しかしこの作品を『闇の奥』と読み比べるならば、ロティが土地の人々の声に、コンラッドとは比較にならないほどきちんと耳を傾けていたことがよく分かるはずである。実際、平川祐弘は、

「ロティがアフリカなどの異郷《いきょう》を見た時の目つきはどのようなものだったのだろう」という書き出しではじまる好論文「祭りの踊り――ロティ・ハーン・柳田国男」(7)において、ロティの異郷を見る際の感受性のよさについて触れている。ロティはたしかにサイードをはじめとする多くの批評家たちから「二流」の作家(8)として貶められている。しかし私たちはこれまではたしてまともにロティを読んできたと言えるであろうか。もちろん『お菊さん』(*Madame Chrysanthème* 一八八七年)のように、あらゆる面での西欧優位に立って自分の欲望をほしいままにするといった、西欧植民地主義に典型な白人男性の振舞いが描かれている場合(9)もある。だがロティの初期作品に登場する男たちの多くは必ずしもそうした存在ばかりではないし、それに第一、初期作品では異郷の住民たちの様子がきちんと描かれているのだ。したがってここでは、ロティのそうした面に注目して、彼の処女作である『アジヤデ』(*Aziyad* 一八七九年)と、さきに言及した『アフリカ騎兵』を中心に論じようと思う。

一　『アジヤデ』――「東洋」との出会い

サロニカと題された第一部はその冒頭に「ロティの日記」と記されており、実際その第一断章は「五月の美しい一日、晴れやかな太陽、澄みわたる空(10)」と、いかにも日記らしい記述ではじまっている。しかし問題はその後である。その部分を引用する。

外国の端艇が接岸した波止場では、おりしも死刑執行人が仕事の仕上げをしているところだった。絞首刑になった男が六人、群衆の面前で、恐るべき断末魔に身をよじらせていたのである……。家々の窓も屋根も見物人が鈴なりだった。隣家のバルコニーでは、トルコの役人たちが、見なれた光景に微笑をうかべていた。(GF:43)

フランス語による原文では「単純過去形」と「半過去形」とで描かれた右の引用文中に、意味を把握するうえでどこか不明瞭な箇所があるというわけではない。ただここで問題としたいのは、日記という表現形式のなかに「単純過去形」が使われている点である。これはかなり奇妙なことではないだろうか。というのも、「単純過去形」という時制は、フランス語の初等教科書にある通り、「過去の事象を現在とは没交渉のものとして客観的に捉える時制である」[11]と一般的には考えられているからだ。それに対し、日記とはきわめて主観的な叙述を中心とするものであろう。先の引用では「外国の端艇が接岸した」(les canots étrangers arrivèrent) という文章にのみ使用されているにすぎないが、次の第二断章ともなると、すべての動詞が「単純過去形」に置かれている。そしてこれ以降も基本的にはこの時制を中心として日記の記述がなされているのである。

そのためか、日記という形式に特有の「私」が少しも登場してこない。「私」がようやく現われるのは第三断章の末尾になってからである。だがその「私」も、あたかも場違いな所に顔を出してしまったかのように、自分がイギリス海軍の一員としてオスマン帝国支配下のサロニカの地にやってきたのだということを告げるや否や、すぐに「我々」に置き換えられてしまうのである。したがってここまでの時制は「単純過去形」を基本的な時間軸としてうえで、その背景を浮かび上がらせるためにほかの時制が使用されているということになる。となるとこれは、言語学者エミール・バンヴェニストが『一般言語学の諸問題』に収められた論文「フランス語動詞における時制の関係」のなかで、言表行為（énonciation）を歴史叙述的側面と談話的側面とに分けた際の、歴史叙述的記述の基準そのものということにならないだろうか。バンヴェニストは以下のように述べている。

われわれは歴史叙述を、あらゆる《自叙伝》の言語形を排除する言表様式と定義しよう。歴史家は決して「私」とも「あなた」とも、「ここで」とも「今」とも言わない。なぜなら、何よりもまず「私／あなた」の人称関係において成立している談話の形のうえの装置を、歴史家はけっして借用することがないからである。したがって、厳密に一貫して続けられる歴史叙述の中では、ただ《三人称》の形しか認められないであろう。(12)

ところが、日記とはまさに《自叙伝》的言語形によって記述されるものであり、談話的記述そのもののはずである。とすれば、「ロティの日記」とタイトルがつけられ、実際にそのような形態のもとで叙述がなされているにもかかわらず、この日記は実質的には歴史叙述そのものなのである。

表面上は日記という形をとりながらも、記述面においてそれを否定していることになる。実際そこには、ロティという語り手がほとんど存在していないのである。それだけではなく、「日記」に登場する「私」もその実質的な意味をほとんど失っているとしか言いようがない。

とはいえ、歴史叙述的側面が第四断章以降もずっと支配的であるというわけではない。あるときから、この日記のなかに不意に談話的記述が溢れはじめ、たとえば第一四断章あるいは第一九断章、第二〇断章のように、まさに本物の日記そのものとでもいえるような記述形態をとるようになるからである。といって、それ以降、今度は逆に、談話的記述が支配的になるのかというとこれがそうではない。「ロティの日記」とは、このように、歴史叙述的側面と談話的側面とが互いに支配的になったり、あるいは逆に抑圧されたりしながら進んで行くのである。

ところでさきに、第四断章までの記述はバンヴェニストの言う歴史叙述そのものであると述べたが、かといって、それがきわめて中立的な視点からなされているわけではない。そこには当然のことながらある視点が選択されている。ここでもう一度、さきに引用した第一断章を見てみよう。とりわけそこで使われている形容詞に注意してみよう。するとそこでは、形容詞が大きく二つの範疇に分けられていることに気づくはずである。すなわち、処刑された人間に与えられた「恐るべき」(horrible)という形容詞、これに対し、それらを微笑をうかべながら眺めているトルコの役人たちに付与された「見なれた」(familier)という形容詞。より正確にいえば、絞首刑の装置が不備なために非常にもがき苦しんでいる処刑囚たちの様子を「恐るべき」(horrible)と感じている「(見えざる）語り手」に対し、それをそうは感じていない、残酷さに慣れっこになってしまった土地の人々という叙述の視点がここにあるということである。しかもここには、この公開の処刑場面を見ようと多くの住人たちが家々の窓にも屋根にも鈴なりになっているにもかかわらず、住民たちの側には、主体的な声どころか、何らかの物音さえ与えられていない。彼らはひたすら「沈黙した」存在として眺められているだけなのである。ここにはまさに、盲目的な残虐さのみを有した、きわめて動物的な人々が無数にうごめいているというイメージしかない。

ということは、この「(見えざる)語り手」とは、「見えざる」どころか、明らかに、西洋＝文明＝理性の側の存在なのであり、これに対し、土地の住民たちは必然的にその対極にある東洋＝野蛮＝狂気の側にいるということになる。したがってこのとき、この「語り手」は何ら特別な「私」である必然性はなく、いわゆる西洋側にいる人間であれば誰でもよいということになる。だからこそ「語り手」は、「私」としてその姿を特権的に示すよりはむしろ、「我々」というより大きな匿名の集団のなかで、自分が西欧列強の一員であることを曖昧に示しながら、その語りを持続しているのである。言い換えれば、この日記の「私」とは、たしかに表面上はロティという名をもつ特定の個人ではあるが、しかし、この個人が他の人々と自分とを区別するだけの特権性を有しているわけではないということである。ここでの「私」とは、端的にいって、西欧植民地主義そのものの謂なのである。ところが、この「私」が特権的な存在へと変貌を遂げるような出来事が生じてくる。これが第四断章の後半部分において描かれていることである。

私は自分がまるっきり独りだと思いこんでいたものだから、すぐ近くのがっしりした鉄柵のむこうに人の顔の上部があるのを認めたときに、なんとも奇妙な感じにおそわれた。二つの大きな緑の眼が私の眼にじっとそそがれていた。

眉は栗色で、かすかに顰《ひそ》めたようであり、くっつきそうに眉間までのびていた。まなざしには活力とあどけなさが混じり合ったような表情があった。まるで子供のまなざしのように、それは瑞々しく幼かった。

この眼のもちぬしである若い女は、すっと身をおこし（中略）身体が、腰のあたりまであらわれた。（中略）白いヴェールが念入りに頭をつつみこんでおり、額と緑の眼だけが見えていた。瞳はまさしく緑色、昔オリエントの詩人たちが称《たた》えた、あの海の緑の色合いだった。

この若い女がアジヤデだった。（GF：45 傍点引用者）

ひそかに女の姿を求めつつも「我々」のなかにすっかり埋没していた、ちょうどそのとき、不意に「私」は「自分がまるっきり独りだ」と感じる。するとその瞬間、まさに望みどおりに若い女（アジヤデ）が出現することになる。女の視線を「私」は強く感じ、「なんとも奇妙な感じにおそわれた」というわけである。女の視線こそが逆に、「私」に「自分が独り」であることを強く自覚させたかのようである。この場面では「独り」ということが重要である。それはこの瞬間、「私」が

「我々」という匿名の集団のなかから独りその身を引き剥がし、まさに「私」そのものとして自覚的に立ち現われようとしている瞬間だからである。

　ところでこのとき、アジヤデはどのようなものとして描かれているのであろうか。もちろん、この引用箇所だけではアジヤデについて明確なイメージを得るということはほとんど不可能である。詳しくは第三部第三断章において描かれるアジヤデの姿を読まねばならないのだが、しかし少なくともここでは、彼女の眼差しが子供のようであるという指摘、さらにその瞳が昔のオリエント詩人たちによって称えられたのと同じであるという指摘には注意せねばならないだろう。これは、古代以来変わることのない「子供のような東洋の女」というイメージでアジヤデを描こうとしていると思われるからである。ということは、アジヤデは、「私」がまさに「私」として特権的に立ち現われてくるのとは逆に、むしろ、既成のイメージそのものとして出現してくるということである。その意味では、アジヤデとは、ひとりの現実的な女というよりは、むしろ、ひとつの観念、まさに「東洋」という観念そのものと言うべきであろう。アジヤデとの出会いとは、したがって、単なる男と女の出会いというのではない。そうではなく、「アジヤデ＝東洋」という観念と触れ合うことで、「私」が「私」として——それは同時に、「私」が「我々」という「西洋」そのものから身を引き剥がすことでもあるのだが——初めて自己を確立する場となっているのである。

　そしてこのとき、ロティの日記には、そうした変化に添うかのように、記述面においても大きな変容が生じる。つまり、それまでの歴史叙述的側面が優位な記述形態に、談話的記述が大幅に介入しはじめるのである。実際、第一二断章になると、談話的記述のための時制である「複合過去形」が初めて登場し、そしてこれ以降、次第に、現在形および複合過去形を中心とする記述が頻繁に現われてくるのである。そうした記述の典型が、第一九断章から第二〇断章にかけて描かれた一節であろう。フランスの批評家ロラン・バルトがそのアジヤデ論[13]のなかで絶賛したこの一節は、「私」がサロニカ湾に漂う小舟の中で波に揺られながらひそかにアジヤデと真夜中に密会をするという、きわめてエロティックな場面なのだが、ここではその全文が現在形と複合過去形によって描かれているのである。

私は（中略）ヴェールの女と差し向かいになるのだが、女は白い亡霊のごとく押し黙り、微動だにしない。私は櫂をにぎって逆方向に、沖合いをめざして遠ざかる。――じっと彼女に眼をそそいだまま、身動きをしないか、合図が送られてこないかと不安にうかがっている。

こうして彼女が納得するくらいに岸から遠ざかったところで、彼女は私に両腕をさしのべる。待ちこがれた仕草、かたわらにきて坐りなさい、という意味だ。彼女に触れて、私は身がふるえる。軽くさわっただけで、死ぬほどのやるせなさが身体に滲みこんでくる。ヴェールにはオリエントの薫香が焚きこめてあり、さわった感じは堅くて冷たい。（GF：60）

「世間のことも人生のことも忘却の彼方にある」（GF：61）時空間のなかで展開される、このエロスに満ち溢れた逢引き場面こそ、歴史叙述的側面を追放してまでも、談話的記述が描こうとしているものなのである。そこではまさに、「私」が「私」そのものとして立ち現われ、アジヤデと向かい合っているのである。しかしこれは単なる密会場面ではない。密会というにはあまりにも強い死のイメージが漂っている。まず「私」がアジヤデと二人だけになる、しかし彼女は押し黙ったままじっと動かない。まさに「白い亡霊」そのものである。やがてしばらくすると、アジヤデが「私」の方に手を差しのべる。これを合図に二人は抱き合う。だがそれも「死ぬほどのやるせなさ」を感じるばかりで、まるで死者を抱いているかのような感覚しか残らない。そしてそのまま二人は一言も口をきかず、波間に浮かびながら静かにサロニカ湾を漂うばかりである。

となると、さきに、アジヤデとはひとつの観念、「東洋」という観念そのものであると述べたが、さらにここで、アジヤデとは「死」そのものであると付け加えねばならないかもしれない。そもそも『アジヤデ』という物語それ自体、「死」が色濃く漂っている。冒頭の処刑場面がそうであるし、さらには「死の街」(une ville morte)という表現も現われる(GF : 45, 199)。そして実際に、この物語の終りではアジヤデも「私」も皆死んでしまう。それどころか、この物語の舞台となったスタンブールの旧市街もすっかり廃墟になってしまうのだ(GF : 218)。そして何よりも、このトルコそのものがまさに消滅しつつあるのだという危機意識のなかで「私」は生きているのである。

遠のいてゆくオリエントの最後の光明だろうか。このような一大スペクタクルをなす夢幻劇は、おそらく二度と見られぬものだろう。

私は政治に無関心だが、それでも消滅の危機にさらされているこの美しい国には、共感を覚えずにはいられない。ゆっくりと、気づかぬうちに、私はトルコ人になってゆく。(GF：80)

ということは、この逢引き場面での死者のようなアジヤデの姿こそ、この物語全体を象徴するものと言うべきかもしれない。そしてさらに重要なことは、「私」は、こうしたアジヤデを通して「死」そのものと一体化しようとしているということである。言い換えれば、「私」はそうすることで、「消滅の危機にさらされている」トルコそのものと、より正確には「トルコ＝西洋ならざるもの」と一体化しようとしているのである(14)。そして「私」はそうすることで「私」として初めて自己意識を有しながら生きようとしているのである。

二 『アジヤデ』――ヴィヨーとロティ＝アリフ

この物語には、したがって、「私」がまだ私ならざるものとして、「我々」という匿名の集団に埋没している状態の、いわば「私＝我々」という存在と、「私」が「私」として立ち現われてきたときの「私」というように、二つの「私」が存在している。「私＝我々」とは、さきに西欧植民地主義そのものであるとして、まさに歴史叙述という記述形態のもとにすっかり隠れているとした存在のことである。これに対し、談話的記述という表現形態のもとでその存在を全面的に現わしている「私」がいるというわけである。ここで混乱を避けるために、前者の方を、実際にフランス海軍士官として、まさにフランス帝国主義の植民地統治の一員として世界各地を巡航していたジュリアン・ヴィヨー（作家ピエール・ロティの本名）にちなんで、ヴィヨーと呼び、後者の方の「私」を、後のトルコ名であるアリフ・エフェンディを念頭において、ロティ＝アリフと呼びたいと思う(15)。かくして、ヴィヨーとロティ＝アリフという二つの顔に応じて、第二部以降住むことになるコンスタンティノープルという都市自体、大きく二つに分けられることになろう。それは、西欧人居留地がある高台のペラ（Péra）地区と、金角湾を隔ててその対岸にある古都イスタンブル、とりわけその一番奥まった所にあるエユップ（Eyoub）地区という二分法である。この二分法に従って、その生活も大きく二つに分かれる。そのため、住民のひとりから次のように言われるのである。なお、以下の引用中に「ユダヤ教徒の宿なし」とあるのは、サムエルと呼ばれる若者のことであり、「私」がアジヤデと出会った直後に知り合うようになった人物である。

ペラのヨーロッパ人社会にいれば、最上流の人間とみなされるのだろうが、わざわざエユップなどに来て、こともあろうに奇妙な相手、ユダヤ教徒の宿なしなどと親密に暮らしている。あなたは信じられないような青年だ。（GF：85）

しかし、「私」が「私」であるためには当然のことながらエユップ地区での生活を選択することになる。かくして、ロティ＝アリフは、自分がロティ＝アリフであろうとするためにヴィヨーの存在を無視し、ときには激しく否定しようとさえする。だがそれは不可能である。というのも、ロティ＝アリフはヴィヨーにけっして先立つことができないからである。たとえばサロニカでの処刑場面でも、まず西欧列強の一員としてヴィヨーがサロニカにやって来たからこそであり、またその結果としてのアジヤデとの出会いも、土地の人々の強い反感や敵意に囲まれながらも、西欧という圧倒的な軍事力がその背後に控えているからこそ可能となったのである。この日記に描かれているさまざまな出来事にしてもすべて、ヴィヨーの存在があればこそである。そういう意味で、ロティ＝アリフがしきりに「世間のあらゆる喧噪とは無縁に我々〔ロティとサムエル＝引用者注〕は生きている。政治は存在しないも同然だ」（GF：81）と述べるのも、逆に、いたるところに政治の網の目が張り巡らされているのを強く実感しているからだろう。ここでロティ＝アリフが言う「政治」とは、端的にいって、昔からの伝統的なトルコを日々崩壊させつつある、西欧の政治的、経済的、文化的な支配力のことである。だからこそ、このロティ＝アリフはそれから逃れて、たとえば第二部第一五断章で描かれているように、あえて水煙管をくねらし、トルコ式コーヒーを飲み、民衆の見世物を楽しもうとするのである。(16)

毎晩、善良な二人の東洋人といった風情の我々は、プラタナスの木陰にあるトルコ式コーヒー店で水煙管を吸い、あるいは影絵芝居にゆく。お目当ては「カラギョズ」と呼ばれるトルコの人形芝居で、我々はこれに夢中なのである。（GF：81）

ロティ＝アリフはそうすることであたかも自分がロティ＝アリフという名の生まれつきの東洋人であるかのように思いたいのである。しかしそれは、繰り返すことになるが、絶対に不可能である。西欧の支配力はどこまでも及んでいるのである。さきに触れた、「私」とアジヤデとのエロスに満ち溢れた密会場面でも西欧の影がちらつく。

アジヤデの小舟は、絹のようななめらかな敷物、トルコのクッションや掛け布などでいっぱいになっている。物憂いオリエントの洗練の極致が、すべてそこに見出された。小舟というより、波間に浮かぶ寝台を見る思いだった。（中略）

午前一時、夜の静寂《しじま》のなかに、思わぬ騒ぎがもちあがる。竪琴と女たちの声。危ない、という叫びが聞こえ、我々はかろうじて相手をかわす。「アリア・ピア」の端艇が我々の小舟のかたわらを猛スピードですべってゆく。大方はしたたかに酔っぱらい、女連れで楽しんでいたらしいイタリア人の士官たちが、鈴なりになっている。（GF：61）

二人が抱き合い、互いに深い陶酔感に浸っているとき、突然そこに、イタリア人士官をいっぱい満載した端艇が侵入してくるのである。どうしてイタリア人士官たちがここにいるのか。それは、ヨーロッパを大いに揺るがした、いわゆる「東方問題」（la crise orientale）（GF：44）のために、イタリアを含む西欧のあらゆる国が軍艦をサロニカ沖に集結させたからである。まさに二人だけのきわめて私的な空間と感じていた場所にも、このように西欧の存在がある以上、西欧の力が及んでいない場所などどこにもない。しかしそれでもどこかに、昔からのトルコ、まだ西欧に汚染されていない純粋なトルコが存在しているのではないかと夢想し、それを求めてロティ＝アリフはペラ地区からエユップ地区へ、そしてさらにその「奥」へと彷徨することになろう。

彼女のそばにとどまること、それもイスタンブルではなく、トルコのどこか海沿いの村で、太陽と屋外の風につつまれて、庶民の健康な人生を生きること。その日その日の暮らしを生きて、借金取りとも将来の不安とも縁を切ること！（中略）

金色の上着を着た船頭になりたい、どこかトルコの南の地方で、空はいつでも晴れわたり、太陽はいつでも暑い土地で……（GF：117-118）

これはまさに当時の紋切り型のオリエントの風景[17]そのものであろう。その意味でこれもまたひとつの観念にすぎない。実際、「純粋なトルコ」というようなものはこうした観念のなかにしか存在していないのだ。とはいえ、純粋なトルコを求めて、このように、ひたすら、より「奥」へ「奥」

へと分け入ったロティ＝アリフが最終的に辿り着いた場所は、すでに引用した箇所にあるように、自分自身がトルコ人になるというものであった。しかしこれもまたひとつの観念であることは言うまでもない。実際、トルコ人のような恰好をすることと、トルコ人そのものになることとの間には大きな断絶がある。というのも、ここでのトルコ（人）とはあくまでも西洋の対立項としてのトルコ（人）、より正確には西洋が創造（捏造）した「他者」イメージとしてのトルコ（人）にすぎないからである。したがって、西洋が消滅したときには、当然のことながら、トルコ（人）も消滅してしまう。にもかかわらず、このロティ＝アリフは、自分が自分であるために、最終的には、西洋人であることを捨てて、トルコ人になろうと決意する。それが第四部第一断章において述べられていることである。

故郷を棄てること、名前を棄てること、それは目前に迫った現実となってみれば、思いのほか重大なのだった。（中略）そうだとも！……いけないわけがあろうか、（中略）本物のトルコ人になる、そうして彼女のそばにとどまることが……。（中略）一時間の後、結論はすでに出ており、ゆるぎないものだった。（GF：180–181）

ところがその重大な決意も次の断章になると何の説明もなくあっけなく崩壊してしまう。当然である。というのも、ロティ＝アリフとはあくまでもヴィヨーという存在を前提にした、ひとつの観念にすぎないからである。こうして再び、ヴィヨーでありながらロティ＝アリフとして生きるという、いわば二重に分裂した形で存在し続けることになるだろう。ここにロティ＝アリフの本質的な矛盾があるのだ。明晰なロティ＝アリフは自分がまさにヴィヨーでしかないことを十分に自覚している。しかしそれでもどこかにヴィヨーから逃れられる場所があるのではないかと夢想しながら、絶えずそうした場所を求めているのである。これがこの物語全体に独特なリズムを与えているのだ。私たちの言葉でいえば、歴史叙述的記述と談話的記述との交錯という形で生じるリズムということになるだろうか。

ところで、先の引用中にある「船頭になりたい」という表現に注意したい。というのも、「船頭」とは、この物語のなかでは「サロニカでの彼はルンペンに近く、船頭と担ぎ人夫のようなことをやっていた」(GF：81) と紹介されるサムエルをまずは連想させる言葉であるからだ。ということは、このロティ＝アリフとは、「船頭になりたい」と記すことで、単にトルコ人のような恰好をするというだけではなく、サムエルのような、社会の底辺層のトルコ人になろうとしているということなのであろうか。どうもそのようなのである。そうした例のひとつを見てみよう。

夕べをともに過ごすのはサムエルだった。彼とともに船頭たちのつどう居酒屋で、奇妙なものを見た。(中略) こうしたいかがわしい酒場に出入りするとき、私はトルコの水夫に身をやつし

ていたが、これは宵にまぎれてサロニカの停泊地を行き来するには、いちばん危なげのない服装だった。(GF:51-52)

「水夫」という言葉が、「イギリス海軍大尉」であるヴィヨーとの違いをより強調するために使われていることは間違いない。しかしそれ以上に、自分がサムエルと同じ賤しい存在であることをあえて示そうとしていることも確かであろう。

かくして、ロティ＝アリフは、単にトルコ人になるというのではなく、トルコ社会の底辺にうごめいている存在になろうとしているのだ。これは、ヴィヨーの立場からすると、二重の意味での「他者」になろうとしていることでもある。ということは、ここでのロティ＝アリフは、たとえばサロニカ沖に集結した西欧列強の立場からすれば、二重の意味で見下される存在であり、ある意味では虫けら同然の存在ということになる。実際、このロティ＝アリフ自身、サムエルとともにいるとき、ドイツ海軍の衛兵たちから銃口を向けられるという出来事に遭遇してしまうのだ。

我々〔の小舟＝引用者注〕はドイツの装甲艦と出くわしてしまったのだ。せっせと櫂を漕いで、我々は遠ざかる。衛兵たちの銃口が、こちらを向いていた。(GF:62)

つい直前まで海軍大尉ヴィヨーとして衛兵たちを命令していた存在が、ここでは逆に、きわめて無力な弱者としてその姿を現わしているのである。ここでのロティ＝アリフとは、ロラン・バルトの言う「現代の西欧人から見れば、西欧と近代主義とは生きる責任そのものと一体化したものなのであるが、その限りにおいて、この両方から抜錨した純粋な欲望の男として（中略）心地よく東洋の放蕩にのめり込（んでいる）[18]」（傍点引用者）というような存在ではまったくないのである。ロティ＝アリフとは、実際のサムエルがおそらくそうであるように、社会的にきわめて弱い立場の、まさに庶民階級そのものとして存在しているのである。[19]ということは、『アジヤデ』において小説家ピエール・ロティは、「ロティ＝アリフ」＝「サムエル」という関係を通して、土地の住民たちの側に少しでも視点を移すことで、たとえば物語冒頭の処刑場面ではまったく声が与えられていなかった住民たちに多少なりとも声を与えようとしているとは考えられないだろうか。たとえば第三部第五二断章において、エユップにある家の一部が火事になってしまった際の、それまでけっして顕在化することのなかった強い敵意や憎悪をあらわにした土地の人々の描写にそのような意向がうかがえないだろうか。

最初はこれまでどおりロティ＝アリフを温かく迎えてくれるエユップの住民の姿が描かれる。ところが途中でそうした温和な雰囲気が一変してしまうのだ。

群衆は私に道をゆずったが、敵意を見せて威嚇した。たけり狂った老婆たちが、男たちを焚きつけ、私を罵った。硫黄の臭いがした、緑の炎が見えた、魔法をつかって呪いをかけているにちがいないというのである。古《いにしえ》からの警戒心は眠っていただけなのだ。どことなく胡乱《うろん》で説明のつかぬ人間、誰の後ろ盾も支援もない人間という立場がどんなものか、身をもって学ばなければならなかった。(GF:159)

このロティ=アリフという得体の知れない「偽トルコ人」は、最初からこのような敵意や反感のなかで暮らしていたはずなのであって、たとえば第二部第二〇断章にある「エユップで私は、周囲からいくぶん甘やかされている。サムエルもたいそう評判がよい。はじめ警戒していた隣人たちは、アッラーが送ってよこした好感のもてる外国人、自分らにしてみれば一から十まで謎めいて見える外国人に、徹底した親切をほどこすことに決めたようだった」(GF:85)というような、温かい視線の中に住んでいたわけではないはずなのである。しかしこれまでは、そんな敵意などまったくないかのように描かれていた。ところがこれが火事をきっかけに急変してしまう。もちろんここには、男たちを煽る「魔女のような女」という、男性社会特有の紋切り型のイメージ[20]もうかがえるのだが、しかしこうした住民の姿にはまさに真実の声が反映されていると思われる。

ところがこの声も次の第三部第五三断章に移ると再び沈黙してしまう。したがって、こうした試みが十分に成功しているとは言えない。しかしそれでも、これまでただ見られる一方であった存在に声を与えてやろうとしたこと、これこそ、小説家ピエール・ロティのもっとも大胆な試みであったと言えるのではないか。物語冒頭で住民たちの強い敵意に囲まれながらも、そんなことには頓着せず、しごく暢気にサロニカの街を散策していた男が、第三部第五二断章ではその住民から罵声をじかに浴びせ掛けられてしまうという事態の変貌ぶり。これは「古ぼけて、色あせた、ばら色の物語」[21]で単なる異国趣味のお話にすぎないと、ずっと否定的な評価をうけてきた『アジヤデ』に新たな面があることを告げているのではないだろうか。

三　『アフリカ騎兵』――「アフリカ」の発見

『アジヤデ』において不十分にせよ、多少なりともその輪郭を描くことができた、こうした面をまさに中心にすえて描いたのが、ピエール・ロティの三作目で、実際に「ピエール・ロティ」と署名された最初の作品でもある小説『アフリカ騎兵』である。

この小説の主人公ジャン・ペーラルもフランス植民地統治の一員である。しかしその立場は、ヴィヨーとはまったく異なる。ヴィヨーが海軍士官であったのに対し、ジャンは五年の任期で徴兵された単なる一兵卒で、「騎兵軍曹」の金モールの袖章を貰うことだけをひたすら願っている存在にすぎないからである。しかしながら、海軍士官から一兵士へと主人公の立場が移行したことの意味はきわめて大きい。というのも、このことによって容易にロティ＝アリフ的視点を得ることができるようになったからである。つまり、すでに「水夫」[22]になっているので、後はただトルコ人になることだけというわけである。そして実際、『アフリカ騎兵』とは、こうした過程を描いた物語なのである。『アジヤデ』において、アジヤデとの出会いを通じて、「我々」が「私」となったように、この小説でもファトゥー・ゲイという黒人女の存在を通して、ジャンはやがてトルコ人になることになろう。

ところでジャンには、故郷であるセヴェンヌ地方に、両親だけでなくジャンヌ・メリーという婚約者がいる。したがってジャンは、物語の最初では、セヴェンヌに一刻も早く帰ることだけを願って兵役期間を過ごしている。ところが次第に彼は故郷に戻る気が失せてしまう。やがて彼はファトゥー・ゲイとともに――正確にはファトゥー・ゲイとの間にできた子供とともに――アフリカに留まろうと決意する。だが結局は戦死してしまう。ではどうして故郷に戻る気がなくなってしまったのだろうか。アフリカ女性との間に子供ができてしまったからであろうか。もちろんそれもひとつの理由であろう。しかしジャンは子供ができる以前にすでに戻る気がなくなってしまっていたのである。

セネガルにやってきて四度目の冬を迎えたある夕刻、ジャンのところに思わぬ知らせが入ってくる。それは待ちに待った、アルジェリアへの配置換え命令である。ところがこのとき、ジャンは意外にもきわめて複雑な反応を示すのである。

おそらく一ヵ月もすれば、生まれ故郷の村にちょっと姿を現わし、通りすがりではあるが老いた最愛の両親に接吻しよう。――大きな真面目な娘となったジャンヌにも会おう。――何もかも

を、走りながら、——夢のなかのように、——眺めるのだ!……(中略)
しかし彼は、こうした人々に会うのに準備ができていなかったのである。あらゆる種類のつらい考えが、この思いがけない大きな歓喜に混じってくるのであった。
三年過ぎた今となって姿を現わすときに、軍曹のささやかな袖章さえも貰えず(中略)いったいどの面下げていられれようか。(中略)
ああ、不幸なジャン、彼はセネガルを愛していた。今になって彼は、はっきりそれに気づいた。ひそやかな不思議な無数の絆でこの土地に縛られていたのである。(folio:162-163)

ジャンは一刻も早くフランスに帰りたいと思っている。しかしその一方でどうにも気が進まない。それは、「どの面下げていられれようか」とあるように、故郷の両親や婚約者が自分を喜んで迎えてくれるにふさわしいものを彼が未だ何も得ていないという屈辱感のためであろうか、それとも「ひそやかな不思議な無数の絆でこの土地に縛られていた」という、アフリカの風土への愛着のためであろうか。実はそのどちらでもないのである。というのも、ここでジャンが(そうとは知らずに)直面している問題とは、まさにジャンの自己確立の問題と思われるからである。

ジャンは、そもそも、物語のなかでは、いつまでも大人になりきれない、「子供」(folio:62)そのものとして終始描かれている。つまり、「一人前の男」として自己を確立しないままに二十歳を迎え、兵役に就くことになり、そのままアフリカ騎兵としてセネガルの土地にいるというわけである。ところが、故郷の村にいる女たちは、この「子供」のジャンに、たえず「一人前の男」になることを要求しているのである。彼女たちはジャンに、勲章を貰ってこい、金を貯えてこい、自分の夫としてふさわしい男になれ（folio：213）とたえず求めているのである。だからこそ「どの面下げていられようか」となるわけである。

これに対し、ファトゥー・ゲイの方はどうかといえば、彼女はジャンに何も求めない。ただ自分と一緒にいてほしいと言うだけなのである。それどころか、そのために、白人男に身を委ねた女として仲間から「裏切り者」（folio：122）と呼ばれることさえ彼女は少しも厭わないのである。やがてジャンは、この黒人女とともにいると自分の心がなぜか安らぐことに気づくようになる。その結果、ファトゥー・ゲイというアフリカ女性が――最初は単なる慰み者にすぎなかったにもかかわらず――ジャンにとってきわめて貴重な存在へと変貌しはじめるのである。もちろん、だからといって、ファトゥー・ゲイが彼にとって母親のような存在であるというのではない。そうではなく、遠い異国の地で仲間からも離れてたったひとりであると感じているジャンが、やはり同じく、生まれ故郷である「ガラム」（Galam）から戦乱や飢饉のために追われ、仲間からも追われたファトゥー・ゲイとともに、二人肩寄せあってどうにかこうにかセネガルの地で暮らしていると言ったほうがより実情に近いのではないかと思う。[23] しかしジャンにとっては、「一人前の男になれ」という強迫的な要請を少しも感ぜずに暮らして行けるということこそ、一方ではあまりにも怠惰な生活[24]と自分で自分自身に恥じ入りながらも、それなりに心地好いものであることだけは確かであろう。

かくしてジャンは、ファトゥー・ゲイを通じて、アフリカという、フランスとはまったく異なる風土と直接触れ合うことで、解放感とともに、新しい自分の存在に目覚めはじめるのである。それはまず、アフリカの大地の魅力に気づきはじめることであるし、さらにはその大地に生きている人々の存在にも気づきはじめることである。もちろんそこには大きな心理的抵抗がある。しかしジャンは、ファトゥー・ゲイとの生活を通してそれを克服するようになるのである。

ジャンはファトゥー・ゲイを愛していたのだろうか？
哀れなアフリカ騎兵は、自分ではまったくそれがわからなかった。ジャンはそもそも、ファトゥー・ゲイを下等な存在として、彼の「ラオベ」種の黄色い犬とほとんど同様なものとして見ていた。（中略）
しかし彼女が彼に対してもっている絶対的な献身の思い、それは犬の主人に対する献身、あるいは物神《フェティッシュ》に対する黒人らしい崇拝といったものに近いのだが、それでも、そうした気持ちは彼にも十分わかっていた。そしてこうした感情がどのくらいの高さの自己放棄の精神にまで達しうるものかは、はっきりわからなかったが、――これには感動したし、ほろりとさせられもした。
だがときには彼の大きな誇りが目覚めてきて、「白人」としての品位がそうした気持ちに反逆を企てることもあった。（中略）
しかしファトゥー・ゲイは非常に美しくなっていった。（folio：154-155　傍点引用者）

この一節は、ファトゥー・ゲイに対するジャンの嫌悪感の表われとその否定が、「しかし」「だがときには」「しかし」という具合に、まさに交互に現われ出ている様子をよく示している。そしてそうした過程の最後に、ジャンは「ファトゥー・ゲイは非常に美しくなっていった」と彼女の美しさを認識するに至るのである。このことの意味は大きい。というのも、ある対象に美しさを認めるということは、そこに美醜という差異の秩序が存在しているということだからである。つまり、それまでただひたすら「醜い」としか認識できなかった集団のなかに、美しい個人もいればそうではない個人もいるということ、言い換えれば、互いに個体差をもつ個人が存在するということ、そうしたことを如実に示しているからである。実際、ジャンはアフリカの黒人たちのなかに「個人」を発見して行くのである。

昔、ジャンは、この土地に着いたばかりの頃には、いつも変わらぬ嫌悪の眼差しをこの黒い肌の住民たちに投げかけていた。彼の眼にはどの人も皆同じようだった。どれを見ても同じ猿のような仮面をしているように思われたし、油を塗った黒壇のような肌の下では、誰彼の見分けがつかなかったのである。

しかし、こうした顔も段々と見慣れてきて、今では、それらを識別できるようにもなった。銀の腕輪をした黒人の娘たちが通るのを眺めながら、彼女たちを見比べたりもした、あっちの方が醜くて、こっちの方がきれいだと思うし、――こっちの方が上品で、あっちの方は下品だと思った。――黒人の女も白人の女とまったく同じく、それぞれ個々に別々の顔立ちをしているように思われてきて、以前より厭でなくなっていた。(folio : 106)

この結果、ジャンのなかで白人と黒人という肌の違いによる人種的な偏見がほとんど意味を失ってゆく。と同時に彼はアフリカ(セネガル)の文化や風物に純粋な知的興味をもちはじめる。このことは次の引用がよく示しているであろう。

伴奏者たちの絶えざる「切分法《コントルタン》」と、演奏者全員が完全に理解して忠実に守っている、不意の「シンコペーション」とは、この音楽の最も特徴的な性質である。――我々のよりはおそらく劣っているかもしれない、しかしこれはたしかに我々のとは非常に違った音楽なのである。――この音楽は、我々西欧人の素質をもってしては完全に理解しかねるものなのである。(folio : 135-136)

これは「土地の音楽およびグリオと呼ばれる種類の人々に関する衒学的な余談」と題がつけられた、第二部第四章の末尾にある一節から抜き出したものである。[25] 標題に「余談」とあるように、この章は小説全体の流れからすれば逸脱的な章であり、実際ここには、匿名のはずの語り手が突然

「我々」として顔を出してしまっている。もちろんこれは、作者ピエール・ロティその人といってもほぼ間違いはないと思うのだが、その語り手が「我々のよりはおそらく劣っているかもしれない、しかしこれはたしかに我々のとは非常に違った音楽なのである」と言う。ここで語り手はたしかに「劣っている」という表現を使ってはいる。しかしそのポイントはやはり「非常に違った」のほうであろう。つまり価値的な差異を強調するというよりは、むしろ、両者の質的な違いをよりいっそう強調しているのである。そしてそのために、フランス的な、西欧的な音楽概念では理解できない点が多々あると言っているのである。[26]

こうした非西欧的なものへの強い関心と同調するかのように、記述面においてもフランス語ではない言葉が次第に増えてくる。たとえば第一部第三三章以降繰り返し登場してくる「アナマリス・フォビル」（Anamalis fobil）という表現。

——アナマリス・フォビル！　とグリオたちがそのタムタムを叩きながら喚《わめ》くように叫んでいた——その眼は燃え上がり、筋肉は緊張し、その体からは汗が滝のように流れていた。

すると皆が、手を叩きながら熱狂的に繰り返す、アナマリス・フォビル！——アナマリス・フォビル！　と。これを訳したら、この本の頁が焼けてしまうだろう、アナマリス・フォビル！

（folio：109–110）

この箇所は、「アナマリス・フォビル」という叫び声に誘われるかのように、ジャンがファトゥー・ゲイと性的関係を結ぶことになるという場面の冒頭である。あたかも、このフランス語ならざる響きに包まれることによって、ジャンのなかのフランス的なものが崩壊していったかのように。さらに驚くべきことは、この作品の編者であるブリュノ・ヴェルシエによる注釈（三〇四頁）によれば、性的な意味合いを含んだ擬音語として機能していると思われる「アナマリス・フォビル」という言葉は、土地の言葉ではなく、おそらくロティ自身が、土地固有の複数の言語を利用して創造＝捏造したのではないかとのことである。つまり「アナマリス・フォビル」とは、単にフランス語ではないというだけではなく、どの言語にも属していないというのである。したがって、先の引用中に「これを訳したら、この本の頁が焼けてしまうだろう」とあるのは、この言葉が何か口にできないような禁忌的な意味を有しているからというのではなく、この言葉が記号内容《シニフィエ》を持たない、まさに記号表現《シニフィアン》そのものだからということになろう。実際、この表現はどの言語にも訳しようがないのである。

　あるいは第二部第三四章にある一節。これはファトゥー・ゲイが勝手に売ってしまったジャンの父親の古時計を買い戻すために、ゲット・ンダールの市場にジャンが急いで駆けつける場面である。なお、引用中にあるフゥー（Hou）とは土地の言葉で「誰が」を意味し、ディエンデ（dièndé）とは「買う」を意味し、これら一連の言葉は、言うまでもなく、商人たちの呼び込みの言葉である。

ゲット・ンダールの砂地は、喧噪をきわめ、あらゆる種類の人間が混在していたし、スーダン地方のあらゆる言語が飛び交っていた。——そこでは、あらゆる国の人間がいっぱい集まっている大市がいつも開かれていて、貴重な物であろうと、得体の知れない物であろうと、どんなものでも売っていた。（中略）

——フゥー！　ディエンデ・ムパット！（Hou! dièndé m'pât!）（中略）

——フゥー！　ディエンデ・ネバム！（Hou! Dièndé nébam!）（中略）

——フゥー！　ディエンデ・クール！（Hou! Dièndé kheul!）…フゥー！　ディエンデ・コロンポレー！（Hou! dièndé khorompolé!）（中略）

——フゥー！　ディエンデ・チャックカー！（Hou! Dièndé tchiakhkha!）…ディエンデ・ディーアラブ！（dièndé djiarab!）（中略）

——フゥー！　ディエンデ・ゲルテ！（Hou! dièndé guerté!）…ディエンデ・カンケール！（dièndé khankhe!!）ディエンデ・イヤプニヨール！（dièndé iap-nior!）…（folio：195–197）

これは、市場に駆けつけたものの、あらゆる言葉、あらゆる人間、あらゆるものが作り出す大いなる混沌を前にして、一種の眩暈に襲われたかのように、ジャンが思わず立ちつくしてしまったという場面である。とりわけジャンに向かって一斉に喚《わめ》き立てる売り子たちの声々。そこには土地の言葉が充満している。テクストそれ自体にもフランス語ならざる言葉が溢れている。読者である私たちもジャンと同様、土地の言語の氾濫を前にして立ちつくしてしまうかのようである。こうした「外国語」の渦の中に巻き込まれることで、ジャンは自分のなかのフランス語が次第に失われてゆくのを覚える。言葉ばかりではない。ジャン自身も市場の混沌のなかにすっかり埋没してしまうようだ。実際、ここには特権的なものは何もない、中心もなければ周辺もない。すべてが混沌のなかでうごめいているのだ。このような状況のなかでジャンは、結局、父の古時計を買い戻すことができなかった。父の時計が父を意味し、同時にその父のいるセヴェンヌ地方を、さらにはフランスまでをも意味していることは言うまでもない。したがって父の時計が失われてしまったということは明らかに、彼のなかにある「フランス」が失われてしまったことを意味している。もはや「中心としてのフランス」という位置づけが崩壊しはじめているのだ。

こんなときにジャンはバンバラ族の輪舞《ロンド》と遭遇するのである。すでに言及した論文「祭りの踊り──ロティ・ハーン・柳田国男」のなかで平川祐弘が詳しく論じている場面がこれである。平川はそこで、「異郷のヴィジョン」とでも呼ぶべき見方を通して、ロティからハーン、ハーンから柳田と続く詩的感受性の系譜を跡づけることができるのではないか、という非常に興味深い視点を提示していた。

ハーンがロティにヒントを得て山陰の盆踊りを記述したように、今度はそのハーンにヒントを得て、ハーンが上市《うわいち》の盆踊りを記述したごとくに自分もまた僻地《へきち》の盆踊りやその民俗の心を書きとめようとした人が日本人の間から出たとしても不思議ではない。（中略）柳田国男こそがその人ではないかと私は思うのである。[27]

この指摘には同意しつつも、しかし筆者は、ロティのこの場面には「異郷のヴィジョン」という言葉があてはまらないのではないか、そのためロティからハーンという系譜を跡づけるにはいささか不適切ではないかと言いたい。というのも、この場面では、「異郷」という語がすぐに連想させる一連の対立構造、つまり「見る側＝文明＝西洋」に対し「見られる側＝野蛮＝非西洋」という非対称の二極構造がほぼ崩壊していると思われるからである。

アフリカ騎兵の前を通りながら、彼らは皆、ジャンを知っているという合図に会釈をした、
――笑いながらこう言った。
――ヂャン！　踊りにお入りよ！……
ジャンもまた、彼らが晴着を着てはいるものの、ほとんど皆の顔に見覚えがあった。（中略）
ほほ笑みながら、彼も通りすがりに皆に挨拶した。「今晩は、ニオダガル。――今晩は、イモベ・ファファンドゥ！　――やあ、デンパ・タコ、サンバ・ファル！　――今晩は、大きなニヤオール！」（中略）
「ヂャン！　踊りにお入りよ！」と相変わらず言いながら、皆は幻のように彼のまわりを通り

続け、戯れにジャンを取り巻き、わざと旋回する鎖の輪を伸ばして、ジャンが出られないようにしようとするのだった。(folio : 243-244)

踊りに遭遇したジャンは輪の中にいる連中から「ヂャン！　踊りにお入りよ！」と声をかけられる。ちなみにここで「ジャン」(Jean)を「ヂャン」(Tjean)と呼ぶのは、平川が前掲論文のなかですでに注記しているように、バンバラ族にとって、「ジュ」(je)という音が発音できず、どうしても「ヂュ」(Tje)となってしまうからである[28]。この呼びかけにジャンも気づく。彼もまた声をかける。「今晩は、ニオダガル」と。ここでは、すでに指摘したとおり、「踊りを見る側」と「踊っている側」とが整然と二分されているというのではなく、見る側がいつでも見られる側(踊る側)に移行することが可能であるような、きわめて流動的な状況となっている。したがってジャンがここで遭遇したのは、正しくいえば、「異郷」に住む「他者」たちの踊りではなく、あくまでも「仲間」たちの踊りなのである。だからこそニオダガルたちはしきりにジャンに踊りの輪の中に入れと言うのである。

しかしジャンはそれに加わろうとはしない。何度誘われてもジャンは輪の中に入ろうとはしないのだ。

しかしながら、ジャンは足を早めて、彼の周りで、解けたり結ばれたりしていたこの白衣の踊り手たちの長い鎖の中から抜け出ようとした。……この夜、彼には、この踊りが恐かった。——また、この世の音楽とは思われないあの楽の音も。(folio : 244)

どうしてジャンは輪の中に入ろうとはしなかったのか。それは平川が前掲論文二〇〇頁において的確に指摘しているとおり、「死の世界が無意識的にも恐ろしかったからである」。しかし同時に、ここにはもうひとつ、別な意味の死のイメージがまとわりついていると考えられないだろうか。というのも、ここでの踊りとは、ジャンにとって、イニシエーション(入会儀式)の意味をもっていたのではないかと思うからである。つまりフランス人としての古い自分が死んで、アフリカの土地に住む人間としての新しい自分が生まれるという意味でのイニシエーションである。

だがジャンはどうしても踊る側に移ろうとはしない。それは、あんなに壊れてしまっていたにもかかわらず、また自分でもそう望んでいたにもかかわらず、ジャンは最終的には自分のなかの「フランス」を完全に捨て去ることができなかったからだ。しかしフランスにはもはや彼が戻れる余地はない。その結果、ジャンはどこにも帰属できないまま、結局は死しか残されていないということになる。ジャンの死とはそういう意味できわめて論理的な結果と言えるであろう。

もしジャンがバンバラ族の輪舞の輪の中に加わったとしたらどうなったであろうか。そのときおそらく、ジャンはあたかももうひとりのハーンとして生きることも可能であったかもしれない。ハーンが小泉八雲となったように、ジャンもそのときはニオダガルたちと同じような名前となって、その土地で生き続けることができたかもしれない。ではそのとき、ジャンはいったいどのような言葉をしゃべるのであろうか。おそらくそれは、「ヘルンさん言葉」[29]とでも言うべき独特な日本語を使用したハーンと同様、「先住民の言語や植民者の言語や輸入奴隷の言語や新参移民の言語が渾然一体となって流れこんで（中略）ゲリラ的に創造性を発揮する」[30]クレオール言語、言い換えれば、ファトゥー・ゲイがしゃべるような舌足らずのフランス語か、あるいは「アナマリス・フォビル」のように、もはやどこにも帰属しようとはしない言語、そうしたものだったかもしれない。

それにしても、結局は別な男と結婚してしまったフランス女性ジャンヌ・メリーと比べて、ファトゥー・ゲイがジャンとともに死ぬことを選んだのはどうしてなのだろうか。前にも記したように、ジャンと同様、ひとりぼっちであったファトゥー・ゲイにとって、ジャンとの生活以外に生きる術がなかったからかもしれない。しかしそれだけではないだろう[31]。さっさと別な男と結婚することでジャンヌの本心が明らかになったのと同様、ジャンに何も求めずに「ただ一緒にいるだけでよい」というファトゥー・ゲイの心の声が、彼女の死によってより明白な形で発せられたと言えるのではないか[32]。たしかにファトゥー・ゲイはジャンヌのように明晰な手紙を書くことはできないし、きちんとした主義主張をするわけでもない。しかしそれでも相手が何を思い、何を感じているのかをきちんと把握できる思考力、判断力を有していることは確かであろう。その意味では、ファトゥー・ゲイは、ひとりの人間として、その長所も短所も含めて、この小説ではしっかりと描かれていると言えるのではないだろうか。そして彼女のそうした姿を描くことで、小説家ロティはそこに無数のファトゥー・ゲイの存在を示そうとしていることは言うまでもないだろう。

そう、アフリカという、西欧とはまったく異なる大地にも、『闇の奥』に描かれたような、あの奇怪で不気味な女性ばかりがいるのではなく、ファトゥー・ゲイのような女性もいるのだ。いやむしろ、ファトゥー・ゲイのような女性の方が多く住んでいるのだ。もちろんこのようなことは言うまでもないことである。しかし一八九九年に執筆された『闇の奥』が、アチェベも言うように、英文学を代表する「正統」的な文学作品のひとつとして、何の疑義も抱かれることなく、つい最近まで世界中で読まれ続けてきた[33]という事実を考えるとき、その二〇年ほど前の一八八一年に、ファトゥー・ゲイのようなアフリカ人女性がロティによって描かれていたことは、どんなに高く評価してもしすぎるということはないのではないか。そういう意味では、平川祐弘がその論文[34]ですでに触れているように、ロティの異郷を見る眼の的確さをもっときちんと評価すべきであると思う。ある意味では、ロティはその鋭い眼によって自分の政治的立場さえ裏切っていたと言えるのではないか。いずれにせよ、ピエール・ロティとは、単なる異国趣味の「二流」の作家ではない。ここではそのほんの一部しか示すことができなかったが、ロティとは読むに値する内容を豊かに含んだ重要な作家のひとりなのであり、未だ発見されざる作家のひとりなのである。

第三部　奇異なる存在との遭遇

第五章　「猿」をめぐる物語──ピエール・ロティの場合

一　『お菊さん』に描かれたロティの日本体験

フランスの批評家ツヴェタン・トドロフが言うように、ピエール・ロティの作品はすべて「ロティの結婚譚[1]」とでも言うべきものであるが、なかでも、第一作目『アジヤデ』（一八七九年）、大成功を収めた二作目『ロティの結婚』（一八八〇年）、さらにその七年後に書かれた『お菊さん』（一八八七年）という三つの作品がそうした物語の代表的なものと言えるであろう。いずれも、英国あるいは仏国海軍に属する──作者とほぼ等身大の──主人公が現地の女性と「結婚」と称してしばらく同棲することになるが、最後にはその女を捨てて帰国してしまうというものである。

こうした「ロティの結婚譚」を通して、ロティ作品に描かれた異国体験の中身をこれから検討してゆくのだが、まずは比較文学者の川本皓嗣が「お菊さんと侯爵夫人──フランス人の見た日本人」と題する論文のなかで記した次の一節を引用することからはじめたい。

『お菊さん』はわくわくするような読み物である。といってもそれは（中略）古く美しい日本の面影にたっぷりと接することができるからではない。意外にも事情はその正反対であって、この本を読み出すとやめられない気がするのは、すべて日本の人や物に対する著者の態度があまりにも冷淡だからである。どのページを開いても、醜くて頭の空っぽな日本人に対するロチの軽蔑と、彼自身の自己満足や優越感があまりにも露骨に匂う（のである）[2]。

川本がここで指摘している日本人への軽蔑感や優越意識を詳しく検討することで、ロティの、ひいては十九世紀ヨーロッパの異民族に対する視線そのものを明らかにしてみたいと思う。なお、ここで言うロティとは主人公を指すのみならず、作者ピエール・ロティも指している。というのも、さきに「作者とほぼ等身大の」と記したように、『お菊さん』の主人公は、たしかに小説という虚構の形式で描かれてはいるが、作者そのひとと見てほぼ間違いないからである。

ところでロティはそもそも日本をどのようなものとして思い描いていたのであろうか。

何という、緑と影の国だろう、この日本は！　何という、予期せぬエデンの園なのだろう！

（中略）

――私はね、着いたら直ぐに結婚するんだ。（中略）――そう、……肌の黄色い、髪の毛の黒

い、猫のような目をした小さい女とね。――かわいいのを選ぶんだ。――きっと、人形みたいに小さいのだろう。(3)

これは『お菊さん』の冒頭の一節である。この一節に明らかなように、ロティは日本を「エデンの園」のような夢の国としてまずは思い描いていたのである。もちろんそれはヨーロッパ白人男性の「性的楽園(セックス・パラダイス)」としての「エデンの園」に過ぎないのだが、ロティは、それまでの『アジヤデ』や『ロティの結婚』で体験した官能的な異国情緒を、今度は日本の土地でもう一度味わいたいと強く願っていたのである。実際、このような願望を鮮やかに示す次のような文章が冒頭の一節の後に続く。

そうして私たちは、今、両方から高い山々が不思議なほど似通った形をして押し並んでいる、薄暗い通路のような谷あいの中へ入って行った。(中略)それは、私たちがその魅惑的な裂け目を通して進んで行くと、まるで日本が私たちの前に体を押し開き、その奥底まで覗かせてくれるのではないかとさえ思われた。
その長い不思議な入江の先に、まだ見えてはいなかったが、長崎があるのに相違なかった。
(GF:48)

ここに性的ほのめかしを認めないわけにはゆかないであろう。狭くて細い入江を経て長崎の港にゆっくりと入って行くロティ、それは同時にその街に住む日本の娘との官能的な合一を夢想するロティの姿でもある。明らかにここには、エグゾチスムが同時にエロティスムでもあるという事態が認められる。このときロティは、日本（長崎）が「その奥底まで覗かせてくれる」ように、入江の先にある長崎の街に住む日本の娘もその奥底まで覗かせてくれるはずと、いささか気楽に考えていたのである。

ところがロティはすぐさま大きな失望を味わうことになる。というのも、想像した以上に、日本の娘やそれを取り囲む人々に、ロティは不可解なもの、神秘的なものを見出してしまったからだ。

〔娘の＝引用者注〕この小さな頭の中で、一体何が起こっているのだろうか。私が言葉を多少知っているにしても、娘の頭の中のことがわかるにはまだ十分ではない。そもそも、賭けてもいいが、そこではまったく何ひとつ起こってはいやしないのだ。（GF：82）

さらにロティは、長崎がイスタンブルやタヒチとは違っていることに気づきはじめる。

それ〔イスタンブルやタヒチでの体験＝引用者注〕に反して、ここ〔長崎＝引用者注〕ではいつも言葉の方が大き過ぎて、響き過ぎてしまう。言葉の方が美しすぎるのだ。（中略）真夜中の静けさと沈黙の中で、私はイスタンブルに対する胸が張り裂けるような懐かしい思いをもう一度感じてみようと努めた。――ああ！　駄目だ。その思いはもはや帰って来ない。あまりにも遠く、あまりにも奇妙なこの場所では。（GF：87）

かくしてロティは「（あまりにも遠く、あまりにも奇妙なこの場所で）ひどく惨めで陳腐な喜劇を演じている」（GF：84）のではないかという不快な思いに強くとらわれてしまう。言い換えれば、簡単に「その奥底まで覗かせてくれる」はずの日本と日本の娘がそう容易には奥底まで覗かせてはくれなかったというわけである。この予想外の事態にロティはひどく動揺する。だから「お菊さん」がたまたま昼寝をしているときに家に戻って来たロティは、彼女の寝姿を見ながら、思わず次のようなことを口走ってしまう。

彼女は畳の上にうつぶせになって寝ていた。（中略）彼女は死んだ妖精のような姿をしていた。あるいは、大きな蜻蛉《とんぼ》のようなものがそこに降りて来て止まったのを誰かがピンで止めたようなものだと言った方が、このときの彼女の姿には適切かもしれない。（中略）

この小さな「お菊さん」がいつも寝ていないのは実に残念なことだ。こんな風にしていると、彼女は非常に引き立って見える。――それに、少なくとも、こんな姿の彼女ならば私は退屈しない。――この娘の頭と心の中で起こっていることをもっと理解できるような方法がはたしてある

のかどうか、それはおそらく誰にだって分からないだろう……。(GF：108-109)

この一節から多くの人は十九世紀後半にさかんに描かれた「眠り姫」(The Sleeping Beauty)の主題を自然に想起するだろう。実際『世紀末と漱石』の著者尹相仁《ゆんさんいん》が言うように「女を横たわる眠り姫のような受動的な存在に仕立てようとする〔男の＝引用者注〕ひそかな願望(4)」を、この一節に見出すことも十分に可能であろう。事実、このように寝ている姿を見詰めているだけならば、そこに不可解さも神秘さも感じないで済むからだ。

それだけではない。ロティはこの「眠り姫」をあたかも採集された昆虫のように扱っている。そう扱うことで、ロティは生身の娘からその生を、その内面を奪い、しかも欲望の対象としてその表面の肉体だけを必要としているかのようである。ここにはヨーロッパ白人男性の暴力的な欲望そのものが透けて見える。筆者にはこれこそがヨーロッパのエグゾチスム、つまりその植民地支配構造の上に乗ったエグゾチスムの残酷な本質を端的に表わしていると思われるのだが、ここではこれ以上触れるつもりはない。ただ、この場合のロティの視線は、吉見俊哉が『博覧会の政治学(5)』のなかで見事に描いたように、世界中のあらゆるものが一堂に集められてはヨーロッパ的知の秩序の下にきちんと配列され展示されている万国博覧会会場、そのなかを眺めながら進んで行く、無邪気で無自覚なヨーロッパの人々の視線によく似ているということだけは指摘しておきたい。

ここで話を戻そう。問題は長崎にいるロティである。「いつも寝ていないのは実に残念なことだ」とロティが嘆くように、日本の娘がいつも「眠り姫」でいるはずはない。不可解で神秘的な日本の娘がその眠りから覚めると、当然ながら、ロティの前に再び立ち現われてくる。このときロティが思い浮かべるのは、さきにも引用した「この小さな頭の中で、一体何が起こっているのだろうか」ということである。この表現は、日本の娘を前にした際にロティがしばしば口にする、いわば紋切り型と言ってもいい表現である。とはいえここには、ロティの戸惑いや不安、いうなれば心の動揺すべてが込められているのだろう。こんなはずではない！　と叫びたいような気分に陥っていると思われる。このとき、ロティは、いささか奇妙なことに、目の前の娘にむかってではなく、「日本には大切なものが欠けている」とか「日本には失望した」というような言い方で、日本そのものに対して、自分の苛立ちを表明するのである。そうした例をひとつ引用しよう。これはさきに引用した箇所のすぐ後に続くものである。

縁側に坐って私は足下の景色を眺めた。寺と墓地、そして森、さらには鬱蒼とした樹木に覆われた山々と、太陽の光を浴びている長崎の全体を。（中略）どこを見ても静かで、光り輝き、そして暑かった。……

だがしかし、私の好みから言うとまだ不十分だ！（中略）私が自分のはるか遠い思い出の中で出会った、夏の燃えるような真昼には、まだずっと輝かしさがあった。まだもっと眩しさがあった。（中略）ここで見えるものはすべて、私が幼い頃に知っていたものの薄ぼんやりとした写し

に過ぎず、しかもそこには何か大切なものが欠けているようだ。（GF：109）

ここでロティは、長崎でいま自分が味わっている夏には、幼い頃に体験した輝きや眩しさが欠けていると言う。ここまではよくわかる。誰にでもある話だからだ。誰でも自分の幼い頃の経験を唯一無二と考えてしまいがちである。しかしそこからロティは、真昼の長崎の景色にむかって唐突に「そこには何か大切なものが欠けている」と途方もないことを言い出すのだ。どう考えても無理難題をふっかけているとしか言いようがない。苛立つロティの八つ当たりそのものであろう。しかしここで引用文をよく読んでみると、引用中にある「薄ぼんやり」とか「大切なものが欠けている」という言葉が、実は、長崎の景色を指しているのではなく、むしろロティの目の前にいる日本の娘のことを指しているのではないかということに気がつく。つまり日本の娘の頭の中は「薄ぼんやり」していて「大切なものが欠けている」と、ロティはなかば無意識ながら、長崎の景色になぞらえて、そう語っていると考えられるのだ。しかしロティはこうした小娘に必要以上にかかずらうことはヨーロッパ人男性の優位意識が許さないとでも思ったのか、ロティの視線は娘そのものへむかうのではなく、娘が属する日本そのものへとむかう。もちろん、ロティにとって、個としての娘がいるのではなく、「日本の娘」という大まかな全体しか存在していないからということもあるだろう。いずれにせよ、ロティは何かあるとすぐに大仰に一般化して「日本には何々が欠けている」というようなことを口にするのである。

ところが、こうした、やや抽象的で大げさな表現から、やがて次第に、ロティはより直接的で具体的な侮蔑表現へと移行してゆくのだ。このとき頻繁に登場してくるのが日本人を動物や植物になぞらえる言い方である。

二　『お菊さん』における「猿」のイメージ

そもそも、この作品の題名である『お菊さん』（*Madame Chrysanthème*）にしても、ロティはある特別な意味を含ませていると思われる。こういう点も踏まえて、川本は前掲論文のなかで次のように述べている。

この本にはそうした動物の名前やイメージがふんだんにちりばめられているので、長崎の町はまるで人間動物園のような、おどけた様相を呈しはじめる。船に乗り込んでくる商人たちは、「猿のように」甲板にしゃがみこむ。サンパン（はしけ）を漕ぐ八つから十くらいの二人の子供は、「キヌザル」のような顔をしている。（中略）フランス人将校たちの「妻」のひとりは、せいぜい十三歳ほどのごく小柄な娘であるが、彼女が語り手に思い出させるのは、動物の珍芸ショーのスター、雌猿の「マダム・ド・ポンパドゥール」である（猿のイメージは、子供や大人や老婆の区別なく、きわめて頻繁に現われる）。（中略）この人間動物園はまた、あらゆる種類の花や木の植えられた植物園でもある。女性の名はいつも、そのままそれに相当する（あるいはそれに近い）フランス語に訳されて、まるで『ミカド』のようなコミック・オペラの世界か、あるいはもっと正確にいえば、誰もが自然物にちなんだ名前をもつ未開社会のような印象を伝える。(6)

ここでは特に「猿のイメージ」に注意したい。というのも、この場合の猿は、人間をその外見や性格などで動物や植物に喩えるという、昔からある伝統的なカリカチュアとは、少し違うものを意味していると思われるからである。別な言い方をすれば、日本人の身体的イメージや性格的な要素がそのまま猿を連想させるから猿の表象が頻繁に現われるのだと、短絡的に考えるべきではないということである。そこにはもう少し複雑な要素が絡んでいる。

さきに引用した川本論文には「猿のイメージは、子供や大人や老婆の区別なく、きわめて頻繁に現われる」という指摘があり、実際にその通りなのだが、日本の娘との関わり合いのなかで「猿のイメージ」がどのように使われているかということに、もう少しこだわって考えてみたい。あるときロティは「お菊さん」と「お雪さん」という二人の娘が三味線の稽古に熱中している姿を見ながら次のように言う。

私は、自分の考えがこの娘たちの考えからあまりにも遠く隔たっているような気がする。それは、たとえば鳥の変転極まりなき想念や猿の夢想と同じくらい遠く隔たっているように思われる。

私は、この娘たちと私との間には神秘的な恐ろしい深淵があるように感じている……。（GF：209　傍点引用者）

ロティは、娘たちの三味線の音に耳を傾けるどころか、彼女たちの姿に「神秘的な恐ろしい深淵」しか見ようとしない。実際、この短い引用のなかに「隔たり」あるいは「深淵」という言葉が反復して使われていることで、その執着ぶりが十分に窺えるであろう。そういう意味では、この箇所は、すでに言及した「不可解で神秘的な日本の娘」という、ロティに頻出する表現の繰り返しに過ぎないのだが、ここに猿が登場していることに注目したい。もちろん、娘たちの不可解さをより強調するために鳥や猿という動物を引合いに出しているに過ぎないのだと言われれば、その通りである。しかしたとえば「トゥキ・サンは私にその猿を思い出させる」（GF：95）というように、あるいは「やがて、お菊さんが、マダム・プリュヌのように、歯を黒く染め、信心深い、年取った一匹の雌猿になるときが来る」（GF：184）というように、これまで幾度となく繰り返して、娘を猿に喩えている状況を考えるならば、単に猿を引合いに出しているだけというのではないように思われる。むしろもっと積極的に、ロティは、日本の娘の考えは猿のそれと同じようなものだ、よりはっきりいえば、日本の娘はヨーロッパ人とはまったく異なり、むしろ猿に近い存在なのだ、と言っているように思われるのである。

実際、ロティは、日本の娘に親密さや近親感を見出すどころか、逆に――謎めいた娘への不安感からか――きわめて強引な形で人種的、民族的隔たりを見出すのである。そしてそのことを次のように強調するのである。

まず何よりも、あのごくちっぽけな彼女たちの眼、細く引きつって吊り上がり、ほとんど開くこともできないような眼の謎がある。うすぼんやりと冷やかな愚鈍さに包まれた彼女たちの内心、私たちにとっては完全に閉されたその無数の考えをわずかに窺わせるかに見える、あの表情の謎がある。――そして彼女たちを見つめながら、私はこう考える。私たちはこの日本人たちから何と遠く隔たっていることだろう、何と異なった人種に属していることだろう……！（GF：186–187 傍点引用者）

こうした表現はいたるところにある。そしてロティは、「完全に閉された」内面をもつ謎めいた日本の娘、ヨーロッパ人とは人種的に「遠く隔たった」日本の娘のなかに、たとえば日本人に対する典型的なイメージである「サムライ」のイメージ――プッチーニの有名なオペラ『マダマ・バタフライ』における蝶々夫人の自害場面もおそらくこのイメージから来たものであろう――を見出すのではなく、すでに見たように、「猿」のイメージを執拗に見出すのである。

しかしながらロティは、日本人を猿と表現するだけではなく、アフリカの黒人たちもヴェトナム人や中国人などのアジア人も多少のニュアンスの違いはあるにせよ、その多くを猿に喩えている。

それが最もあからさまなのは『アフリカ騎兵』である。すでに第四章で詳述したように、黒人の小娘ファトゥー・ゲイは、ほぼ毎頁ごとに猿に喩えられている。となると、これは単に日本人にのみ関わる特殊な比喩表現であるとは言えないはずだろう。むしろロティ自身に特有の表現と言うべきかもしれない。いや、ロティという個人に特有というよりは、近代ヨーロッパ特有の表象化と言うべきではないか。実際、非ヨーロッパ民族、ことに非白人に対してその「他者性」を強調するかのように、執拗に猿のイメージを貼りつけることは、ピエール・ロティという一個人に属することではなく、十九世紀、とりわけその後半のヨーロッパにおいて特に頻出した表現のひとつであるように思われるからである。そういう意味では、これは時代的に空間的にきわめて限定された表象ではないかと推測される。

三　十九世紀ヨーロッパの「他者」表象

そうした推測をいささかでも確かなものにするには、本来ならばもう少し歴史的に長い視野でもってこの問題を考えなければならないが、ここでは次の興味深い一節を引用して論を進めたいと思う。それは比較文化史家の芳賀徹が中公新書の一冊として刊行した『大君の使節——幕末日本人の西欧体験』[7]のなかにある、以下のような一節である。

もっと猟奇的な関心もあった。「かれら〔日本使節一行＝引用者注〕を見たか。顔つきはどうだ、顔のタイプは？　ギリシアの美男アンティノウスに似ているか？　それともホッテントットのヴィーナスの息子たちとでもいうところか？　鼻はどんな作りだ？　巴旦杏《はたんきょう》みたいに割けた眼か？唇は紅く、さえない顔色で、ほっそりした顔をしているのか？」（Le Globe illustré, 4. 24）。詩人ボードレールが日本人について記した唯一の言葉、「日本人は猿だ、ダルジューが私にそう言った」（『赤裸の心』一八六二―六四）の背後には、このときのこのような巷間の噂話もあったのであろう。

右の通俗新聞の口調がよく伝えているような、神話的、伝説的存在ないし動物珍種としての日本人、この薄弱で奇妙な既成イメージをやがてたちまち圧倒し、使節一行は、新しい、近代化途上の日本人の姿をフランス人に感得させてゆく。

この一節は文久二（一八六二）年幕府遣欧使節一行がパリを訪問した際の様子を伝えるものである。芳賀が言うように、大君の使節一行がはたして「薄弱で奇妙な既成イメージをやがてたちまち圧倒し」たかどうかはともかく、ここでは、十九世紀後半のフランス人が日本人に対して抱いている既成イメージの典型として、芳賀によって引用された「ギリシアの美男アンティノウス」と「ホッテントットのヴィーナス」という、二つの対立的表現の組み合せについて考えてみたい。さらに、そうした二つの対立的イメージと、ボードレールが記した「日本人は猿だ」という文脈における

「猿」との結びつきについても詳しく考えてみたい。

というのも、一方に（アポロンのような）ギリシア神話の美青年を置き、もう一方に（芳賀の言う）「動物珍種」を据えることで、そこに、美的感覚をはじめとするあらゆる位相での甚だしい落差感をもたらすというのは、十九世紀後半以降の小説、ことに大衆冒険小説によく見られる手法だからだ。たとえば、当時のベストセラー作家であるコナン・ドイルやライダー・ハガードを見てみよう。ドイルの『失われた世界』（一九一二年）では類人猿そっくりのチャレンジャー教授と美青年の新聞記者マローンのコンビが活躍しているし、一方、ハガードの『洞窟の女王』（一八八六年）の冒頭では、物語の主人公となる青年（レオ・ヴィンシィ）とその後見人（ホレース・ホリー）の様子が以下のように述べられている。

> 「おい、あれを見たかね?」と、私は一緒に歩いていた友人に声をかけた。「おお、まるで生きているアポロンの像のようじゃないか。なんて素晴らしい青年だろう!」「まったくだ」と友人は答えた。「彼〔レオ・ヴィンシィ＝引用者注〕は、この大学きっての美青年で（中略）みんなが《ギリシアの神》と呼んでいる。しかし、もうひとりの男〔ホレース・ホリー＝引用者注〕を見たまえ。」（中略）見ると、この年上の男の方も、人類のもう一方のすばらしい見本としてそれなりになかなか興味のある容貌であることに気づいた。その男は、年齢は四十歳前後だが、連れの青年が美しいのと同じ程度にまったく醜いように思われた。（中略）全体から見て、その男はいや

おうなく私にゴリラを連想させた。[8]（傍点引用者）

右の引用にはっきり記されているように、一方にアポロンの像、もう一方にゴリラを置くという、こうした組合せこそを『大君の使節』からの引用とともにここで考えてみたいのである。

組合せの一方の極に「ギリシアの美男アンティノウス」あるいは「アポロン」を据えるということは、ギリシア的理想美が十八世紀後半から十九世紀全般にかけてヨーロッパの美的規範となったという事情によるものであろう。これは、十八世紀ドイツを代表する美学者ヴィンケルマンが、古代ギリシア美術において達成された模範的美をその著作である『ギリシア美術模倣論』（一七五五年）のなかで熱狂的に称賛したことがその発端と言われている。[9] しかし、ここで問題としたいのは、先の引用の傍点箇所にあるように、まさに「人類のもう一方のすばらしい見本」のほうである。こちらにはどうして「ホッテントットのヴィーナス」、あるいは「ゴリラ」が置かれることになるのであろうか。しかも「ホッテントットのヴィーナス」があたかも「ゴリラ」と交換可能なように扱われている。だからこそ芳賀も『大君の使節』のなかで「ホッテントットのヴィーナスの息子たち」と「（ボードレールの言う）猿」とをまさに「動物珍種」という範疇のなかにともに入れているのである。[10] したがってここにもうひとつの問題が存在することになる。それはホッテントット人がどうして猿と同類のように扱われているのかということである。このことは言うまでもなく、日本人やアフリカ黒人など非ヨーロッパ人をしばしば猿に喩えるという、ロティをはじめとする十九

図3　ホッテントット・ヴィーナス。ウィリアム・ヒース『でっ尻《ちり》一対』1810年（オールティック『ロンドンの見世物』第2巻，270頁から）

世紀ヨーロッパの表象行為の問題と直接つながっているはずである。しかしその前に、そもそも、「ホッテントットのヴィーナス」とはいったい何者なのか。

　多くの書物が伝えるところによれば、十九世紀前半のロンドンやパリではあらゆる種類の人間の見世物が盛んだったらしく、[11]そのなかにホッテントット人の見世物もあったという。[12]それどころか、Saartjie Baartman あるいは Sarah Bartmann という名の南アフリカ出身の女性ホッテントット人の場合は、一八一〇年代にロンドンやパリに「輸入」され見世物の対象となるや否や、たちまち大評判となり、一般的には「ホッテントット・ヴィーナス」（図3）と呼ばれたということである。そのため、この黒人女性は十九世紀において、白人ヨーロッパ人と（黒人をその代表とする）非ヨーロッパ人とのあらゆる隔たりを示す象徴的な存在となったといわれている。[13]

　となると、先ほどの『大君の使節』の引用文中にある「ホッテントットのヴィーナス」とは、実は、一八一〇年代にヨーロッパに「輸入」されて評判となったこの女性のことを指しているということにはならないであろうか。この推測が正しいとすれば、このときの「ホッテントット・ヴィーナス」は当時の人々によほど強烈な印象を与えたということになるであろう。ではどうしてそれほど大きな印象を与えたのか。それは、当時の人々が巨大な尻と独特の女性性器をその特徴とするこのホッテントット人を目の前にして、大いにたじろいだからである。当時のヨーロッパには、美しい古代ギリシア人の理想的な姿で描かれることが多かった「善き野蛮人」（le bon sauvage）という——モンテーニュからルソーへとその系譜をたどりうる——伝統的な「他者」の観念がまだ生きていた。ところが、いま目の前にいるこの存在は、こうした「善き野蛮人」どころか、はたして自分たちと同じ人間なのか、それとも動物の変種とでも言うべきものなのか、多くの人はどう判断してよいのか分からなかったのである。それは大衆ばかりではなく、学者たちの間でも同様であった。少々大袈裟にいえば、全ヨーロッパ中がこの存在を前にして途方に暮れ、戸惑い、たじろいだのである。

四　十九世紀ヨーロッパの「科学的」武器——「顔面角」と進化論

それでは、十九世紀ヨーロッパにとっての絶対的他者とでも言うべき「ホッテントット・ヴィーナス」に対して、当時のヨーロッパはどのように対処したであろうか。

そもそも、コロンブスによる一四九二年の「新大陸発見」以来、いちはやく海外進出＝侵略を果してきたヨーロッパは、たとえば、新大陸の原住民たちを「怪物」と表象することで奴隷労働を正当化し、「食人種」と表象することで大量虐殺を正当化してきた[14]ことからも明らかなように、その先々で出会う、「他者」としての異文化、異民族の住民に対して、まず、ある既成のイメージを一方的に貼りつけ、そうすることで、みずからの暴力的他者支配を次々と正当化してきたのである。もちろん、いつもこのような極端に否定的なイメージばかりを付与してきたわけではない。ときには、さきにも触れたように、「善き野蛮人」というきわめて肯定的な場合もある。しかしその場合でも、遭遇する「他者」に、ある出来合いのイメージをまず初めに貼りつけるという対処の仕方はほぼ一貫していたように思われる。

　したがって、十九世紀のこのケースでも基本的には同じはずである。とりわけ、この場合では、十八世紀後半から十九世紀前半にかけて活躍したペトルス・カンペルやヨハン・ブルーメンバッハの研究を嚆矢とし、その後半にはポール・ブロカやフランシス・ゴルトンという悪名高き人物をも輩出した自然人類学という学問、これは別名「人体測定学」と呼ばれるほどあらゆる人種を徹底的に測定する学問であるが、これを最大限に利用することで、「ホッテントット・ヴィーナス」という異質な存在の持つ「他者性」を、ある既成の、いわゆる了解可能なイメージのもとに解消しようとしたのである[15]。これが、絶対的他者を前にして途方に暮れ、戸惑う、当時のヨーロッパの自己を回復させる唯一の方法だったのである。

　そのためには、まず「顔面角」という「科学的基準」を使うことになる。というのも当時の自然人類学者が人種を測定し、区分する基準として特に重視したのが、「頭蓋容量（脳の大きさ）とほ

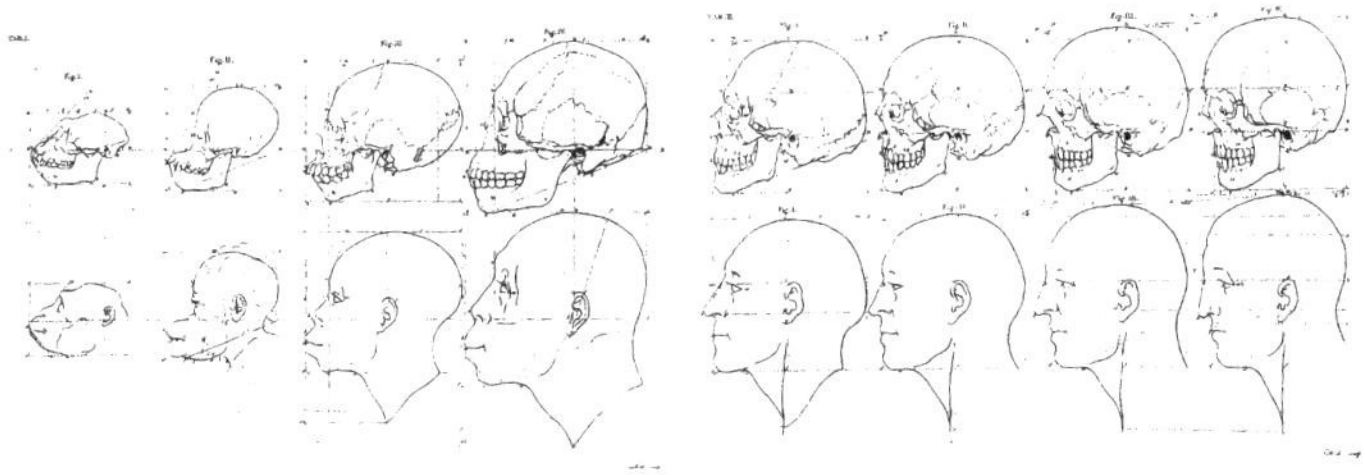

図4　P. カンペル「猿からアポロンにいたるまでの顔の角度」1791年（バルトルシャイテス『アベラシオン』54-55頁から）

ぼ併行関係にある顔面角であった[16]」からだ。では「顔面角」とは何かといえば、これに関して、フランスの美術史家バルトルシャイテスは『アベラシオン――形態の伝説をめぐる四つのエッセー』という魅惑的な書物に収められた「動物観相学」と題する章のなかで次のように説明している。なお以下の引用中にある「古代」とは「古代ギリシア」のことであり、「顔の角度」とは「顔面角」のことである。

人間は、額から上唇に向かって引いた直線の勾配が増せば、それだけ動物に近づく。何点かの素描を一平面上にならべてみれば、たちまちそのことが確認される。顔の線を前方に傾けると「古代のものである」顔の造作が得られ、これに対して顔の線を後ろ向きの勾配にすると、黒人や「ついには猿（中略）のプロフィル」が得られる。軸線を単純に移動させるだけでつぎつぎに異なる生き物があらわれてき、同時に展開の階梯の上にそれらのもの固有の場所を定めてやる。（中略）

こうした探求の結果明らかになったところによると、顔の角度は、尾長猿では四二度、オランウータンでは五八度、若い黒人（中略）では七〇度以上、ヨーロッパ人では八〇度ないし九〇度、ローマ彫刻では九〇度、さらに古代ギリシア人の一〇〇度にいたるまで、さまざまの変化があった。(17)〔図4を参照のこと＝引用者注〕

こうした測定の結果、「ホッテントット・ヴィーナス」をその典型とする「黒人」が、「猿」と「ヨーロッパ人（白人）」の間に位置すると判断されただけではなく、たとえば、このヴィーナスの死後、彼女を実際に解剖し、後にその詳しい所見を記すことになるジョルジュ・キュヴィエのような、十九世紀初頭当時の大権威学者によって、より明確に「黒人」が「白人」とはまったく別な人種、むしろ「猿」に限りなく近いと判定されることになったのである。(18)もちろんこれは転倒した議論である。というのも、まずさきに、黒人が人間の劣等変種であり、猿に近い存在であるという結論があるからである。しかしここで重要なことは「顔面角」がそうした結論を導く「科学的」な基準になったということである。

かくしてヨーロッパは、「顔面角」という科学的基準を通して「ホッテントット・ヴィーナス」に、ほぼ猿であるという既成のイメージを貼りつけ、そうすることで、この「他者」を最劣等人種として自分たちの思考パターンのなかに回収し、その「他者性」を解消することができたのである。それだけではない。一方の理想値に古代ギリシア人（アポロン）を置き、「顔面角」が小さくなるに連れて次第にヨーロッパ人（白人）から黄色人種や赤銅色人種へ、やがて濃褐色の人種へと移行し、最後には「黒人」＝「猿」というもう一方の極に達する、「人種のクラス分け」をも同時に

「科学的」に成立させたのである。そしてあらゆる人種をこの枠組みのなかに収まるようにしたのである。

　こうした事態にさらにもうひとつ強烈な「科学」が加わることになる。それが、十九世紀前半の新しい学問「地質学」の延長上に構築されたチャールズ・ダーウィンの進化論である。『種の起源』の出版は一八五七年で、その仏語訳は一八六二年に刊行されている。このとき、先ほどの「人種のクラス分け」は単に空間的に共存しているものを示すというだけではなく、「未開な存在からより進んだ存在」へと時間的に移行する「進化＝進歩構造」を示していると考えられることになったのである。この構造は、当時の社会状況ともあいまって、当時の人々により多くの現実性を、正当性を、さらには科学的信頼性をも与えたのである。

　かくして、十九世紀後半のヨーロッパは未知の人種を前にして不必要に戸惑う必要はなくなったのである。日本人という「他者」を目の前にした場合も同様である。初めて日本人を見た一八六二年のパリ市民は「ギリシアの美男アンティノウス」か「ホッテントットのヴィーナス（の息子たち）」かと、口にする。それは、日本人は古代ギリシア人のような進化の頂点にある人間なのか、それとも進化以前の、いわば「猿」に近い存在なのかと、問うているのである。日本人を「進化＝進歩構造」のどこに位置づけようかとまさに模索している最中なのである。だからこそ「猿」という言葉が発せられるのである。こう発した瞬間に、彼らは、日本人という未知の人種の位置を科学的に決定し、その「他者性」を解消したのである。これで彼らは安心して日本人を眺めることができるというわけである。つまり、ここで発せられた「猿」という言葉は、日本人の身体的イメージがただちに猿を連想させるからではなく、ましてや単なる蔑視表現などではないのだ。言うなれば、言葉の厳密な意味での科学的な用語なのだ。

ロティの場合も事情は同じであろう。ロティは、未知の国、日本を「エデンの園」のような楽園と思い描き、欲望に胸をふくらませてやって来た。しかしすぐに彼は強い不安感にとらわれてしまう。目の前にいる日本の娘のなかに、自分にはとうていうかがい知れない謎があるのではないかという疑念に彼は取り憑かれてしまったからである。実際、彼は、日本の娘のいたるところに、たとえば、すでに引用した箇所（GF：186–187）に見られるように、娘の眼や表情のなかに謎を、言い換えれば「他者性」を見出してしまうのである。このときロティは、娘に「猿」という科学用語のイメージを貼りつけるのである。そうすることで、ロティはヨーロッパ白人男性としての優越的支配意識を必死に回復しようとしたのである。

そして実際、ロティは自分を取り戻すことに成功する。『お菊さん』の最後、ロティが長崎を去る場面を見てみよう。出航するまでに少し時間があったのでロティは俥に乗って長崎の街を一巡りする。

時間が過ぎて行く。街の到るところで、少しずつ、お昼寝の時間がお仕舞いになってくる。奇妙な路地は賑やかになり、太陽の下、さまざまな色の日傘で辺り一面、一杯になる。その路地を

> 醜い——我慢ができないほど醜い——連中が次から次と歩んで行く。（中略）出発の間際になって、私は、働き者で器用だけれども、金儲けには眼がなく、と同時に（中略）遺伝的に生まれつきの愚か者で、猿のような欠陥をもっている、このお辞儀好きな庶民たちが右往左往している様子を見て、ひとり密かに軽い侮蔑の微笑を見出すのである。（GF：228-229 傍点引用者）

ロティは、まさに捨て台詞のように、猿という言葉を最後に発して、長崎の街を去って行く。そしてそうした猿たちと交わったことで自分の身に付着した穢れを洗い清めるかのように、『お菊さん』は次の文章で終わる。

> おお、アマ・テラス・オオミ・カミ（天照大神）、このささいな結婚で汚れた私を真っ白に洗い清めて下さい、その加茂川の水で……（GF：232）

猿たちの子孫のひとりである筆者からすれば、何をか言わんやである。しかし今まで詳しく見てきたように、ロティがここまで辿り着くにはそれなりに悩み、戸惑い、そして苦しんできたのである。だから、最後の言葉も筆者としてはまさに「ひとり密かに軽い侮蔑の微笑を見出」しながら、認めてあげたい気分ではある。

第六章　「猿」をめぐる物語――エドガー・ドガの場合

一　ドガにおける猿のイメージ

十九世紀後半から二十世紀初頭にかけて活躍し、一般的にはフランス印象派のひとりとして知られている、フランスを代表する画家エドガー・ドガ（一八三四―一九一七）について論じてみようと思う。しかしここでは、ドガを、いわゆる美術史的な文脈のなかで論じるのではなく、むしろ十九世紀後半から末にかけての時期、一般的には世紀末と呼ばれる時期のフランスの政治や文化や科学という、より広い文脈のなかに置いて論じるつもりである。そのとき彼の作品に見られる「猿のイメージ」はひとつの有効な論点になり得るのではないかと考えており、今回はそのような観点からドガについて、とりわけ一八八〇年前後のドガについて論じる。

十九世紀フランスにおけるもっとも正統的な美術教育のひとつを受けたドガ(1)は、まずアングル張りの肖像画を描くことからその画家としてのスタートを切り、やがて一八五〇年代末から六〇年代初頭にかけて数々の野心的な歴史画を制作する。しかし一八七〇年を境として、ドガはそうした典型的なサロン画家の姿から次第に逸脱しはじめ、やがて現代生活に取材した主題を描くようになる。そのような転換期の作品のひとつに「オペラ座のオーケストラ」（一八七〇年頃）（図5）がある。ここでは、バレエの舞台そのものを描くというより、むしろ、題名どおり、オペラ座のオーケストラの人々をいわば集団的肖像画とでもいうべき手法で、ひとりひとり描くことにその目的があったと思われる。しかしドガは、この作品ではその頭も足も無残に切断された、舞台の上の踊り子たちにやがて興味が移って行き、その数年後には、しきりに踊り子たちを描くようになる。その結果「ドガと言えば踊り子、踊り子と言えばドガ」[2]ということになるわけである。これはおそらく、踊り子たちが示すさまざまな仕草への強い関心から生じたものと考えられるが、やがてこうした関心が、当時流行していたカフェ・コンセールの女歌手の独特な表情や身振りにドガを自然に向かわせて行く。そしてそうした興味の延長上に、たとえば「フェルナンド・サーカスのララ嬢」（一八七九年）（図6）のような大胆な角度から描かれる作品も登場してくることとなり、そのようなものの究極的な姿として、八〇年代の後半以降に数多く描かれることになる「入浴する女」と呼ばれる一連の裸婦シリーズがあるということになるだろう。

しかし、女たちを描いたドガのこうした絵をずっと見続けているうちに、あることに気がつく。それはこの女たちの顔の描写に関するものである。たとえば「緑色の女歌手」（一八八四年頃）（図7）に描かれた女歌手の顔、あるいは「犬の歌」（一八七六－七七年頃）（図8）という奇妙な題をもつ絵に描かれた歌手テレザの顔。さらには「カフェテラスの女たち、夕べ」（一八七七年）（図9）と題された絵のなかに描かれた女たち（娼婦か?）の顔。とりわけ画面の真ん中で爪をかんでいる女の顔。もうひとつの例をあげれば「女主人のお祝い」（一八七六—七七年）（図10）と題された娼婦館での裸の娼婦たちのなかのいくつかの顔。これらの顔は何かを連想させないであろうか。ここでは「緑色の女歌手」に関して、詩人の大岡信が『ドガ』（新潮美術文庫）において記した一節を引用する。

まるで少女のように見えるこの歌手の顔は、ドガのこの種の絵にしばしば見られる顔で、どこか猿に似ている。しかし下から光を受けてどこか夢幻的な雰囲気にひたりながら、歌うことにすべての意識を集中しているこの顔、そして胸や腕は、比類なく美しい一瞬においてとらえられている。(3)（傍点引用者）

大岡信が記すように、この顔は明らかに猿を連想させる。つまり、狭く後ろに反っている額、ぺちゃとつぶれた鼻、先に尖っている下顎、こうした形態上の特徴が間違いなく猿を連想させるのである。またドガ自身もそうした点を強調するかのように、この女歌手の顎が上に向いているところを、まさにその額から顎の線が猿を連想させる瞬間に、多少下から見上げる角度で描いているのだ。これは猿を連想させるように描いているのだと言ってもけっして過言ではあるまい。こうした観点

図 6　「フェルナンド・サーカスのララ嬢」

図 5　「オペラ座のオーケストラ」

図 8　「犬の歌」

図 7　「緑色の女歌手」

図10　「女主人のお祝い」

図 9　「カフェテラスの女たち，夕べ」

からもう一度ドガの絵を眺めてみると、そのほとんどがそのように見えてくるし、また実際、ドガがわざとそのように描いているのではと思わせるものも少なくない。たとえば「カフェの女歌手」(一八七八年頃)(図11)にある、やはり同じカフェ・コンセールの女歌手の顔。これもドガはわざと「狭い額、先に尖っている下顎」という猿の形態上の特徴を強調するかのように描いていると思われる。口を大きく開けて、しかもそれをより強調するかのように、直ぐ下からの角度で克明に描いている以上、猿と断定できないまでも、その動物性をとりわけ強調していることは間違いないであろう。

ただしここで注意すべきことは、ドガは女たちの顔をすべて猿のように描いていたのではないということである。たとえば「テオドール・ゴビヤール夫人」(一八六九年)(図12)と題して描かれた女性の横顔、そして「ド・リュテ夫人」(一八七五年頃)(図13)、「日傘の女」(一八七六年頃)(図14)とそれぞれ題され、ともに真正面から描かれた女性の顔、さらに「オルタンス・ヴァルパンソン」(一八八三年)(図15)と題された横顔の女性像など。ここには猿どころか、古代ギリシアの彫像を思わせる、秀でた額に鼻筋が通った、やや細面長の顔があるばかりである。美しいと言ってもいいであろう。ということは、ドガは明らかに二種類の顔を描き分けているということではないだろうか。一方には猿のような顔、もう一方にはその対極とでも言うべき、鼻筋の通った顔。これはいったいどういうことなのであろうか。ここで気づくべきことはただひとつ。それは鼻筋の通った美しい顔の持主は皆ドガと同じ裕福な階級、より正確にいえばブルジョワ階級に属する女であると

図12 「テオドール・ゴビヤール夫人」

図11 「カフェの女歌手」

図14 「日傘の女」

図13 「ド・リュテ夫人」

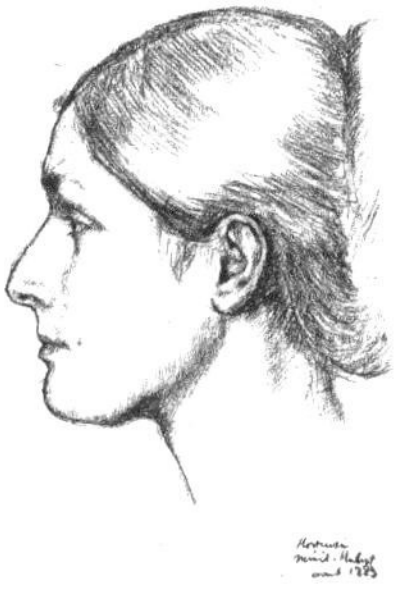

図15 「オルタンス・ヴァルパンソン」

いうことである。ちなみにドガは富裕な銀行家の長男としてパリに生まれ、何不自由なく育った、上流ブルジョワ階級の一員である。

二　ドガにおける階級性

そうであるならば、ドガは、自分とほぼ同じ階級に属する女の顔は古代ギリシア風の美しい顔として描き、そうではない女の顔は猿のような顔として描き分けていたということなのであろうか。言い換えれば、ドガの絵を見る際には「階級」という視点を導入する必要があるということなのであろうか。そもそも、娼婦やカフェ・コンセールの女歌手は言うまでもなく、オペラ座の踊り子にしても当時は労働者階級出身の娘たちであった。いやむしろ、パトリック・ベードが「ドガの時代にバレエがまさしく、いかにいかがわしいものとみなされていたかは、今日では想像しがたい。当時は、バレエ団を形成する労働者階級出身の少女の多くが、そのわずかな収入をおそらく売春で補っていること、さらに彼女たちの回りをうろつく母親連中が、時に後見役というより売春の仲介役を演じているであろうことを疑う者はいなかったのである」(4)と述べているように、踊り子も一種の娼婦と見なされていたのである。

ということは、この時期、「働く女」は、女歌手であろうと踊り子であろうと、皆一種の娼婦と見なされていたということではなかろうか。となると、さきにブルジョワ階級と労働者階級とに二分するとした区分は、女が問題である際には、単に「階級」という観点からだけではなく、むしろ「働かない女＝家庭婦人」と「働く女＝娼婦」という形で、そこに一種のセクシュアリティーの視点をも導入する必要があるということではないか。つまり「働かない女＝家庭婦人＝貞淑さ」と「働く女＝娼婦＝性的淫乱さ」という具合に。ということは、ドガは「娼婦＝性的淫乱さ」の顔をあたかも猿のように描いたということになるのではないか。

それでは次に、その場合、「猿」とはどのような意味を有しているのかということになる。十九世紀後半以降においては、とりわけ「猿」とは、ダーウィンの進化論的背景の下で、ラファーター以来の観相術やガルの骨相学とが巧みに絡まり合い、そこにさらにチェーザレ・ロンブローゾがこうしたものを「犯罪人類学」という形で体系化する、という具合に、なかなか一口には言えないほど、重要かつ複雑な意味を有することになったのであるが、少なくとも「他者を描く」という場合においては、前章で考察したとおり、たとえばその相手の顔がまさに猿に似ているから猿として描くというのではなく、逆にその相手が自分にとって下等な存在、劣った存在だと思うからこそ猿として描くのだということが重要なポイントであろう。つまり猿とは一種の転倒した差別表現なのだ。だからこそ、『アフリカ騎兵』や『お菊さん』に見られるごとく、アフリカやアジアに対して、あらゆる面において優位にあった十九世紀のヨーロッパがしばしば「黒人は猿だ」とか「日本人は猿だ」と言うのであるし、同じヨーロッパ内部でもイギリス人がアイルランド人に対して「あいつらは猿だ」と言い、実際そう描きもしたのである(5)。

さてそうなると、その顔を猿のように描いた女たちに対して、ドガは、差別的視線を、しかもこの場合は人種的なそれではなく、むしろ、ドガのような男性ブルジョワたちが「娼婦」もしくは「働く女」という社会の底辺層にいる女たちに対して向けるような、階級的かつジェンダー的な意味を含んだ差別的視線を向けていたということになるであろう。たとえばゴンクールもその日記（一八七四年二月十三日）のなかでドガが描いた踊り子についてはっきりと「これら小さな猿のごとき小娘たち」（ces petities fille-singes）[6]という言い方をしているが、これなどもそうした例のひとつと考えるべきではないかと思う。ところで筆者は、ドガについて論じる際、「階級」とか「差別的視線」という観点をとりわけ強調したいと思っている。というのも、ドガの絵を説明するにあたって、ほとんどの人が触れない言葉が「階級」という言葉だからだ。たとえば美術史家の山根康愛はある踊り子の姿を描いた絵を次のように解説している。

したがってステージで繰り広げられる華やかなダンサーたちの姿を描いてもけっしてきれいな面ばかりを描いたわけではない、いやむしろ大役を果したプリマ・バレリーナが花束を受け取ったとき、フッと見せる緊張のほぐれた一瞬を見逃さない。（中略）他のダンサーたちよりも数歩前に出て挨拶するプリマは、そのためにことさら強烈にフットライトを顔面に受け、あたかも能面のような印象を与える。（中略）ドガが描こうとしたものは美貌のダンサーではなくて、一瞬一瞬の形態の美しさだったのである。[7]

解説のなかで、たしかに山根は「きれいな面ばかりを描いたわけではない」とか「能面のような印象を与える」と記すことで、踊り子の顔がいわゆる醜い部類に入ることを示唆しているのであるが、しかしその醜さが何によってもたらされたのかという点になると沈黙してしまう。それどころか、山根はそれを「ドガが描こうとしたものは美貌のダンサーではなくて、一瞬一瞬の形態の美しさだったのである」と述べることで、故意にずらすことさえしてしまうのである。というのも、踊り子の「一瞬一瞬の形態の美しさ」とその踊り子の美貌とは十分に両立可能だからだ。ところが山根は、それらを故意に混同しつつ、ドガの踊り子の絵の価値をやはり美しさという基準で提示しようとする。もちろんこの場合は、踊り子の「顔が美しい」とはとうてい言えないので、その代わりに「その形態が美しい」というわけである。何はともあれ「何かが美しいのだから」というわけである。

さきに触れた大岡信の場合にも同じことが見られるであろう。引用した一節の女歌手の「顔が美しい」とは言えないので、その代わりに大岡はその一瞬の形態が美しいというわけである。どうして「階級」という視点を入れて説明しないのであろうか。そうすると、ドガに対する今日的イメージ、つまりかわいい踊り子を数多く描いた「心の優しい画家ドガ」というイメージが根底から覆されてしまうからであろうか。おそらくそうなのであろう。しかしそれだけではない。ここには実は二十世紀美術をめぐる批評言説の大きな偏りが見られるのだ。美術研究者の平石昌子が著名な美術史家であるエルンスト・ゴンブリッチを引用しながら指摘しているように、二十世紀初頭にフォーマリズム批評が美術史を席捲して以来、ドガが描く女性たちは抽象的なフォルムと見なされるようになったことが大きいのである。(8) 実際、ゴンブリッチは、美術史専攻の学生にとって教科書とも言える大著『美術の物語』のなかで、ドガが描いた踊り子に関して次のように記している。

ドガの絵に物語はない。彼は踊り子たちがかわいいから興味をもったのではない。少女たちの醸しだす雰囲気が気に入っていたようにも見えない。印象派の画家がまわりの風景を客観的な目で冷静に眺めたように、ドガも同じ目で踊り子たちを眺めた。彼にとって大事だったのは、人間のフォルムに生じる光と影の交錯であり、動きと空間を暗示する方法だった。(9)（傍点引用者）

こうした批評の流れを受けて、我が国の大批評家小林秀雄も『近代絵画』（一九五八年）において、踊り子を馬と同じ形態を有する存在と断定するのである。小林秀雄は言う。

そういう時だ、ドガが馬と踊子という題材に出会ったのは。（中略）風景だとか静物だとか肖像だとかという動きのないものは、ドガのデッサンの対象とはなっていない。馬も踊子も裸体も動いている。（中略）ドガは、比類のない観察家として（中略）パリ生活の様々な生態を活写する優れた風俗画家として現れたのであるが、彼は、風俗に興味を持ったわけでもないし、風俗が表現したかったわけでもなかった。彼のそういう絵を見て、直ぐ感じられるのは、彼の視力は、風俗というものを口実として現れる人間の動きや姿態の魅力に集中されている事だ。[10]（傍点引用者）

こうした言説のなかに女性は存在していない。存在しているのは抽象的なフォルムだけである。しかし筆者はこうした偏りには与《くみ》しない。ここにはまず女性が、それも美醜を明らかに伴った女性が描かれていることから出発したい。そうすることで今見えてくるものを明らかにしたいと思うのである。

三　「十四歳の小さな踊り子」をめぐって

ここではさらに、そうした場合の典型的な例として、有名な彫像「十四歳の小さな踊り子」（一八七九―八一年）（図16）を取り上げてみたい。一八八一年、ドガは第六回印象派展にこの踊り子像を出品する。これが出品された当時は、まさに本物の少女がいるかのように、本物の胴着とチュチュ、ストッキングを着け、バレエ・シューズを履いており、頭には灰色がかった緑のリボンで束ねた、本物の髪が付けられ、首には同じような色のリボンが巻かれていたし、さらにはその蝋は肌の色に似せて着色されていたという。こうしたリアルさもこの踊り子像の大きな特徴のひとつであり、そして実は、このリアルさがこの像を美術作品というよりはむしろ、人類学の標本のひとつなので

図16　「十四歳の小さな踊り子」

はないかと当時の人々に思わせてしまったりしたのであるが、ここでは、こうしたリアリズムに当時の人々がいかに驚き、戸惑ったか、ということも含めて、この踊り子像に対する代表的な反応を二つ見てみたい。

　まずひとつは小説家にして稀代の美術批評家でもあったジョリス＝カルル・ユイスマンスの反応である。以下は彼の著作『近代芸術』（一八八三年）に収められた論文「一八八一年のアンデパンダン展」から引用したものである。

> この恐ろしいまでのリアルな像は観客に明らかな不快感を生じさせた。これは、彫刻に対して（中略）観客が抱いているすべてのイメージを転倒させてしまったのだ。実際、ドガ氏は一撃で彫刻のあらゆる伝統を覆してしまったのである。まさに彼が絵画の世界でしたように。（中略）ドガ氏の踊り子は本物のストッキングをはき、本物のリボンを身につけ、本物の胴着を着て、本物の髪をしているのだ。（中略）この像は、私が知る限り、彫刻の世界において唯一の現代的な試みである。(11)（傍点引用者）

このなかで「本物の」（vrai）という形容詞が執拗に繰り返されていることに注意してほしい。明らかにユイスマンスはそうすることで、本物そっくりの踊り子像が与える衝撃を読者に伝えようとしているのだ。もっとも、ドガをはじめとして、いわゆる印象派の画家たちを積極的に支持したユイスマンスであってみれば、こうしたリアルさも「彫刻の世界において唯一の現代的な試みである」と述べることで、好い意味での「伝統破壊」として高い評価を与えようとしたのではあるが。

もうひとつはポール・マンツという、当時の保守派の代表的な美術批評家で、ちょうど一八八一年から翌年にかけてフランス美術総監の地位にあった人物の評を見てみよう。「保守派」というだけあって、ユイスマンスとは異なり、この像をそれほど高く評価しているわけではない。しかしここで問題としたいのはそのことではない。マンツがユイスマンスとはまったく異なる意味をこの像に見出しているということこそ問題としたいのである。なおこの評は『ル・タン』紙に「アンデパンダン芸術家たちの作品展」と題して掲載されたものである。

その徹底したリアリズムにはいまさらながら驚かされる。おそらくこの作品をめぐっていくらかの賞讃そして数多くの非難の声が飛び交うことだろう。この哀れな子供は安物の薄布の衣装を身につけ、青いリボンを胴部に巻き、もっとも基本的な訓練用の柔らかいバレエ・シューズを履いて立っている。（中略）無心そうに見えるがゆえにいっそう愕然とするのだが、彼女は動物的な厚かましさで、その顔を、いやむしろその小さな鼻面《はなづら》（museau）と言うべきか、いずれにせよ動物的な鼻口部を前に突き出している。（中略）どうして彼女はかくも醜いのだろうか。そのほとんどが前髪で覆われている彼女の額は、その唇と同様、どうしてすでにかくも深く悪徳な性癖が刻印されているのか。（中略）彼女の顔の表情こそは、まさに意図的なものである。ドガ氏は理想的な醜さというものを以前から夢想していたが、まさに今、幸いなことに、それに成功したのである！（中略）それでは「十四歳の小さな踊り子」に関して、他に何か言い残していることがあるだろうか。我々はこの像のもつ身体表現の卓越したリアルさを賞讃し、ありとあらゆる悪癖が刻印されている少女の醜い表情が教訓的に告げていることにも触れた。この像はたしかに我々に何かを語りかけてくるのだが、ただそれがあまりにもショッキングなのだ。[12]（傍点引用者）

ある意味ではかなり党派的であったユイスマンスとは違って、マンツはより中立的な地点に立って冷静にこの像を論じていると思われる。実際、マンツは「いくらかの賞讃そして数多くの非難の声が飛び交うことだろう」と記すことで、この像が、好い意味でも悪い意味でも、ひとつの問題作であることを的確に指摘している。もちろん、マンツもユイスマンス同様、この像の徹底したリアリズムには驚きながらも、「卓越したリアルさを賞讃（する）」ことは忘れていない。しかしマンツは、ユイスマンスとは異なり、この踊り子を醜い存在として提示しようとしているのだ。これが両者の大きな違いである。マンツは、たしかに、右の引用箇所では猿という言葉こそ使ってはいない。しかし彼は醜いという言葉を執拗に繰り返し、さらには「動物的な厚かましさ」や「鼻面」という言葉を使うことで、踊り子を「猿のような顔をした醜い少女」として描き出そうとしていることは明らかである。もっとも、これはマンツだけの見方ではない。他の批評家もほぼ似たような反応を示したのである。いやそれどころかむしろはっきりと「猿のように醜い」と断定した批評家もいる。

たとえばエリ・ド・モン。彼は「カプシーヌ街の展覧会」と題する記事のなかで「これほどおぞましいもの、これほど嫌悪感を覚えるようなものに出会ったことがあろうか。(中略)私は芸術に優美さをいつも望んでいるわけではない。しかしこの踊り子像は何だ！ これは醜さだけを狙った作品なのではないか。このオペラ座の練習生は猿に似ている、あるいはアステカ族の原住民に、さらには未熟児にも似ているようだ[13]」と言い切っている。ここでは踊り子が猿に似ているだけではなく、未開人種のアステカ族までその類似性への連想が波及している。あるいはアンリ・トリアノンという批評家の場合。彼は「芸術家集団による第六回絵画展」と題する記事のなかで「エドガー・ドガ氏は我々に踊り子像を提示しようとしているが、しかし彼はわざわざ選んで最も醜いものを出品したのではないか。しかも彼はそれに醜悪な動物的な様相を加味している。そう、たしかに、バレエの練習生たちの多くが住むパリの貧民街には、この若い怪物(中略)によく似た顔立ちの娘たちは一杯いる。その意味ではよく出来ている。しかし彫刻という分野においては、そうした醜いものはたして必要なのだろうか。それらはむしろすぐに自然博物館や人類学博物館あるいは人体博物館などに収めるべきであって、決して美術館ではない、絶対に！[14]」と酷評している。ここでは先のアステカ族への連想がさらに「博物館に収めるべし」という発想へと発展している。こうした発想が生じるというのも、ひとつには、さきに触れたように、人類学の標本ではないかと思わせてしまうほど踊り子像がリアル過ぎるからであろうが、それだけではない。踊り子の顔貌それ自体に原因があるのである。つまりその醜い顔立ちがごく自然に猿を連想させ、さらにはある種の未開人種を連想させてしまうのである。ということは、その醜さとは、単なる醜さではなく、猿あるいは未開人種の顔と結びついた醜さということになる。

四　悪徳が「刻印」された顔

ここで再びマンツの引用に戻りたい。というのも、マンツは、奇妙なことに、この踊り子の醜さ——猿のような、未開人種のような醜さ——を、この少女のもつ「悪徳な性癖」としきりに結びつけようとしているからだ。いや逆に、悪徳が顔に刻印されているがゆえに醜いのだと主張しているようなのだ。しかしながら「悪徳が顔に刻印されている」とはいったいどのようなことなのであろうか。そもそもどのような顔が「悪徳が刻印されている」と言えるのであろうか。それを明らかにするために、さきにも言及した犯罪人類学イタリア学派の創始者チェーザレ・ロンブローゾの唱えた「生来性犯罪者」という考え(15)を紹介したい。それは簡単にいえば以下の二つの引用にうかがえるような概念である。まずは、ロンブローゾ自身が「生来性犯罪者」という考えを思いついた時のことを後に回想して記した一節から引用する。

これは、単なる思いつきではなく、ひとつの啓示なのである。その頭蓋骨〔ある有名なイタリアの山賊の頭蓋骨＝引用者注〕を見て、燃える大空の下の広大な平原のように、突然すべてが明るく照らし出され、犯罪者の本性の問題がこのとき分かったように思えた。つまり、犯罪者とは、原始人や下等動物のもつ残忍な本能が先祖帰りをする形で再現された「退化した存在」（atavistic being）なのだ。解剖学的にいえば、犯罪者や未開人、そして猿（ape）に見られる次のような特徴をもつ、すなわち、大きな顎、高い頬骨、極端に大きな眼窩、取っ手状の耳などである。しかも痛みには無感覚で、極端に鋭い視線をもち、いれずみをし、過度のなまけ癖があり、お祭り騒ぎをひどく好むのだ。(16)

この引用に含まれる考えをもう少し簡単に要約したものが以下の引用である。これは『医者と殺人者』（ピエール・ダルモン）の訳者である鈴木秀治がその訳書の冒頭に記した解説から引用したものである。

犯罪者の多くは、生まれつきの素質により、とくに隔世遺伝によって犯罪者となる運命をもっていて、その特徴は外面的には頭蓋や顔貌をはじめとして身体的な欠陥としてあらわれ、内面的には情緒的な反応の欠如など精神的な欠陥としてあらわれる。つまり半人半獣の人間、つまり隔世遺伝によって血を好む性癖をもつ退化した人間だというのである。(17)

つまり生来性犯罪者は、その形態的特徴として、猿もしくは未開人種のような容貌をもつことになるというわけである。したがって、ロンブローゾの生来性犯罪者という考えが流布してからは[18]、猿のような容貌は、単に猿に似ている、あるいは猿のように醜いというだけでは済まされず、そこに「退化」という新たな、しかし決定的な意味が付与されることになったのである。言い換えれば、猿のような容貌とは、身体的欠陥と同時に精神的欠陥をも合わせもつ「生まれつきの犯罪者」という悪徳が刻印された顔、ということなのである。これですべてが明らかになったと言えるであろう。マンツはこうした犯罪人類学的なパラダイムのなかで論じているのである。マンツだけではない。ド・モンもトリアノンもその用語の使い方からしてロンブローゾ的文脈のなかで論じていることは確実である。となると、この踊り子は、単に醜いというだけでは済まず、生来性犯罪者という悪徳が刻印された少女であるということになる。この時代、女の場合、悪徳とはそのほとんどが性的な意味を有しており、したがって、生来性犯罪者とはその多くが性的逸脱的存在としての娼婦を意味していた[19]。だからこそマンツは以下のように言うのである。これはさきに引用した際にあえて省略した部分である。

ドガ氏はおそらく道徳教訓家（moraliste）なのだろう。彼は私たちが知らない踊り子たちの将来の姿をかなり知っているのだ。彼は早咲きの悪徳の花をオペラ座の隅から摘んできては、それを私たちにこのように見せているのだ、早くも色あせてしまっているが。だが、その目的は遂げられた。この蝋製の作品を眺めることになったブルジョワ階級の人々はその前で一瞬呆然とし、そしてその後、どうか私の娘がこのような尻軽女(sauteuse)にならないようにと叫び出すからだ。

つまりこの踊り子像は、「生来性娼婦」とでもいうべき悪徳が顔に刻印された、一種の娼婦予備軍として見られていたというわけである。しかもこの時代、娼婦とは単なる娼婦を意味していただけではなく、歴史家アラン・コルバンが「それまで漠然としたものにすぎなかった生物学的不安が、一八六〇年から一八八〇年にかけて、アルコール中毒、結核、性病という三つの社会的害悪をめぐって明確なかたちをとっていく。(ことに)「先天性梅毒患者」という概念の創出などは、性病が当時の人々に及ぼした影響をよく示している[20]」と言うように、性病、とりわけ「梅毒」という恐ろしい伝染病を撒き散らす感染源そのものとして、当時のフランス社会から、社会衛生上、社会治安上、もっとも恐れ忌み嫌われていた存在を意味していたのである。ということは、この踊り子像とは、単なる踊り子の像ではなく、かといって単なる娼婦の像というのでもなく、ある意味では当時のフランス社会にとってもっとも危険な汚染源のまさに象徴的な像として機能していたと思われる。だからこそ、マンツはそうしたドガの意図を十分に汲み取って「この像は我々に何かを語りかけてくるのだが、ただそれがあまりにもショッキングなのだ」と言うのである。

五　「小さなナナ」と呼ばれる踊り子

このとき、こうしたマンツの意図をさらに一歩進める形で「ルイーズ伯爵夫人」という筆名をもつ、ある匿名の批評家が、「芸術に関するくだけた手紙・一八八一年のサロン」と題する記事のなかで、この踊り子を「小さなナナ」と呼んだ。

巨匠ドガ氏に関して言うならば（中略）氏は、重罪裁判所でスケッチした幾人かの戯画を展覧会に出展することで、友人や賞賛者、あるいは若い仲間たちをからかっているにすぎないのだ。そのうえ、そのおふざけを完璧なものにするため、ドガ氏は、踊り子の衣装を身につけた十五歳の小さなナナを、ガラスケース付きの実物大の蝋人形として展示した。馬鹿者どもをその蝋人形の前でうっとりさせようとしてね。――こんなものは、展示が終わったらすぐさまデュピュイトラン博物館（病理解剖博物館＝引用者注）に移してしまうべきだ、絶対に。[21]

ここで言う「十五歳の小さなナナ」とは、エミール・ゾラの代表作である『居酒屋』（一八七七年刊行）とその三年後に刊行された『ナナ』（一八八〇年刊行）に登場する、通称「ナナ」こと、本名「アンナ・クポー」のことであろう。まさしく、ゾラが小説『ナナ』のなかで繰り返し描いているように、貧民街という腐敗物から生まれた「黄金の蠅」（La Mouche d'Or）として、あたかも復讐でもするかのように、ブルジョワ社会に腐敗菌を撒き散らし、やがてそれを崩壊、解体せしめる危険な存在としてのナナ、このナナとドガの踊り子がここで結びつけられたのである。ナナは次のように描かれている。

ミュファ〔伯爵であるが、ナナによって破滅させられる＝引用者注〕はゆっくり〔とその記事を＝引用者注〕読んでいた。「黄金の蠅」という題のフォシュリーの記事は、ある売春婦の物語で、四五代続く大酒飲みの娘として生まれ、多年にわたる貧困と飲酒との遺伝のために血が汚され、それがその娘にあっては、性的欲望の神経的な変調という形になって現われたというのだった。その娘はパリの場末の舗道の上で大きくなった。充分な肥料を施した植物のように、大きく、美しく、素晴らしい肉体をもっており、自分の祖先である乞食や浮浪者のために復讐の日々を送っている。その娘を通じて、民衆の間に醸成された腐敗堕落の風は、貴族階級に及んで、これを腐敗させつつある。彼女は自然の力となり、破壊の酵母となって（中略）雪のように真っ白な股の間で、パリを腐敗させ、分解させる。(22)

こうした箇所を読むと、ドガの踊り子がナナと結びつけられたのも当然と言えるであろう。ともに社会を崩壊させる汚染源と見なされているからだ。しかしここにひとつ見逃せない問題がある。

それは、「猿のように醜い」踊り子とは違って、ナナは「大きく、美しく、素晴らしい肉体」をもった女性だからだ。この違いは無視できない。しかしもう少し詳しく検討してみると、美貌でグラマラスなナナのもうひとつの姿が見えてくる。それはさきに引用した一節のすぐ後にある。

ナナは非常に毛深く、茶色の生毛の生えた身体は、ビロードのようだった。一方、牝馬のような腰と太腿や、下腹部に悩ましい影を投じている深いくびれのある腹のふくらみには、何か獣じみたものがあった。それは、自然の力そのもののように無意識で、その臭いだけで世の人々を毒する、黄金の獣だった。ミュファは、憑かれたように執念深くずっと眺め入っていたが、やがて、もう見まいとして両眼を閉じたものの、その獣は、いよいよ大きく恐ろしく、その姿勢を誇張して、暗闇の中に現われるのだった。(23)

ナナは非常に毛深い女性として描かれているのだ。「茶色の生毛の生えた身体は、ビロードのようだった」というのだからただ事ではない。「毛深い女性」とは、ロンブローゾ的な文脈からいえば、単に毛深いというだけではなく、より獣に近い、いわば進化以前の女性、いうなれば原始時代の女性とでも言うべき存在ということになろう。つまりナナとは、表面上の美しさにもかかわらず、実は、進化以前の、いわば退化した、あたかも野蛮人のような存在ということになる。だからこそ、獣という言葉が幾度も繰り返し使われているのであろう。かくして、表面上の美醜とは別に、ともに「退化した存在＝生来性の娼婦」という観点から、「ドガの踊り子＝ナナ」という等式が成立する。となるとここで、さきに触れた「ルイーズ伯爵夫人」が「ナナ」ではなく「小さなナナ」と呼んでいることの意味が明らかになってくるように思う。つまり、この批評家は、ナナが大人になる前に、言い換えれば、ナナが小さなうちにその悪徳の芽を摘み取っておくべしと言っているのだ。というのも、そのまま放っておいたらどうなるのか、それはすでに『居酒屋』第十一章に書かれていることだからだ。

まったく、ナナの教育は仕事場でなんとも見事な仕上げをかけられた！　なるほど、もともとあの子には素質があったにちがいない。だが、貧乏と身持ちの悪さに痛めつけられた多くの娘たちとつき合うことで、それに磨きがかけられたのだ。この仕事場では、娘たちは互いに重なりあって、いっしょに堕落して行く。(24)（傍点引用者）

もともと娼婦になる素質があった十五歳のナナは、グット＝ドール街（ナナの育った街）という素晴らしい環境を経て教育され、さきに引用したフォシュリーの記事にある「黄金の蝿」へと、見事にその素質を開花したというわけである。だからこそ小さなうちにその芽を摘み取っておくべきなのだ。ここに教育という、もうひとつのテーマが浮上してくる。さきに紹介したマンツは「ドガ氏は（中略）私たちが知らない踊り子たちの将来の姿をかなり知っているのだ」と言っていなかっただろうか。「ルイーズ伯爵夫人」という批評家は、この踊り子像を「小さなナナ」と呼ぶことによって、この点をよりはっきりと述べているのだ。幼いうちにしっかりと教育を施しておかなければ、そのうち、社会にとってきわめて危険な存在になってしまうぞと。こうした教育的忠告は、ドガの意図を、実は、マンツ以上に見事に言い当てていたのだ。

そう、ドガはこの踊り子像を単なる美術作品として出展しているのではない。そこには当時のフランス・ブルジョワ社会への警告が込められているのだ。多くのブルジョワたちがそこから目をそらしていた恐ろしい現実へ、「道徳教訓家」である教育者ドガは、刺激的な展示物を出品することで、あえて目を向けさせようとしたのである。それはたしかに「あまりにもショッキングなのだ」。だがそこから目をそらすことは、フランス社会の汚染源の一層の拡がりを許すことになり、さらにいえばフランスの崩壊さえ生じさせてしまうかもしれないのだ、普仏戦争や悪夢のようなパリ・コミューンのときのように。そのようにドガは言っているのだ。トリアノンがいみじくも「バレエの練習生たちの多くが住むパリの貧民街には、この若い怪物によく似た顔立ちの娘たちは一杯いる」と言ったように、この踊り子像とはただひとりの踊り子だけを意味しているのではなく、その向こうに無数にいる「パリの貧民街」の娘たちすべてを代理表象している以上、下層階級出身の、娼婦予備軍の娘たちには注意せよ、そしてその悪徳の芽を摘み取る教育を早いうちに施せ、さもないと、この娘たちはやがて私たちを破滅の途に引き込んでしまうことになるぞ、[25] そうドガは警告を発しているのだ。もちろん、この場合の教育とは、抹殺という意味もどこかで含んでいるだろう。

ドガとは、たしかに美術の世界においては反権威の代表的な存在であったが、しかしそれがそのまま政治的に反権力であったというわけではない。かといって、底辺層の人々に暖かい眼差しを注いだ、心優しい「踊り子の画家」というのでもない。ドガとは、実際には、当時の保守的ブルジョワそのものであり、だからこそ、下層階級の女たちを「猿のような醜い存在」として描くことで自分たちの階級との差異をよりいっそう際立たせ、さらにはそうすることで、きわめて階級的で反動的な警告さえ発していた人物なのである。[26]

しかし実際には予想を超えた事態が生じてしまった。だからこそ、すでに触れたパトリック・ベードはそのドガ論の冒頭に「ドガは、一般的な感覚で言うかわいらしさを忌み嫌っていた。したがって、今日彼の描いた踊り子たちが、テーブル・マットやグリーティング・カード、ジグソー・パズルなどの装飾として用いられ、実際に無邪気でかわいらしいものとして受け入れられるようになったという事実は、たいへん皮肉なことなのである」[27]と記したのである。踊り子が皆から嫌悪されるどころか、逆にかわいいものとして愛されてしまっている！　こうした事態をドガは予想だにしなかったはずだ。それがこのようなことになってしまったというのは、ベードが言うとおり歴史の皮肉そのものである。その皮肉は、ドガが描いた踊り子だけではなく、ドガ自身にも向けられている。筆者はドガを保守的なブルジョワの代表として論じたが、そのドガが今では「心優しいドガ伯父さん」になってしまっている。どうしてこのような結果が生じたのか、それを分析するには、二十世紀における大量消費社会の成立というような別な視点を含んだ新たな論考が必要となるであろう。したがって、ここではもう一度ベードの言葉を引用して終わりとしたい。ベードは言う。

なぜこれらの踊り子たちの姿が、ドガと同時代の人びとの目に、観る者を圧倒し衝撃を与えるようなものと映ったのかを理解するためには、われわれは想像力を駆使しなければならない(28)。

この拙論もそうした「想像力」を駆使した例である。しかしながら二〇一〇年秋に横浜美術館で開催されたドガ展などを観ると、従来通りのドガ像が相変わらず流通しているように思われる。

おわりに

本書は、対立する二人をめぐって書かれたと言えるかもしれない。その二人は男同士の場合もあれば女同士の場合もある。ときには男と女の場合もある。しかしいずれの場合も対立する二人がいることで、異質な世界への視点が見えてくるように思われる。そもそも本書は鏡に映る顔に親密感を抱く「松山鏡」の娘に対し、水鏡に映る顔に嫌悪感を抱く「茶碗の中」の侍という対立する二人の話から始まった。ここから死者の霊に親近感を覚える存在とそれを拒否し、ひたすらそこから逃げようとする存在という対立構造を浮き上がらせることで、「外部」との遭遇という主題を明らかにしてきた。その結果、第一章ではハーンによって描かれた伊藤則資《のりすけ》と萩原新三郎という二人の男の生き方を論じ、この二人が対立している様子を明らかにした。そしてそこから、ベケットの代表作『ゴドーを待ちながら』に無数の死者の囁きを聞き取る視点を浮き上がらせた。これに続く第二章では誰もが知っている琵琶法師芳一の異界体験をめぐって、ハーンとアルトーという二人の作家が対立している状況を詳述した。ハーンは芳一を最終的にはこの世に帰還させてしまったが、アルトーは逆に芳一をあの世に連れて行くことでその生を徹底的に奪ってしまったのではないかというのが筆者の結論である。しかしアルトーはそうすることでゴッホが死の直前に描いた「烏の飛ぶ麦畑」のなかに、ハーンが遙か遠くの日本海の浜辺で聞き取ったのと同じ死者のざわめきを聞き取ることができたのではないかと推察している。

　この後、帰還せざる旅に赴くことへの魅力と躊躇をめぐって書かれた、いわば間奏曲的な第三章を経て、第四章からは再び対立構図が主題となる。それを明示するかのように、第四章は「ジョウゼフ・コンラッドの『闇の奥』（中略）には二人の女性が非常に印象深い形で登場してくる」という一文から始まる。二人の女性とは、言うまでもなく、クルツの婚約者として物語末尾に登場してくるヨーロッパ女性と、危篤状態のクルツが無理やり蒸気船に乗せられる際に突然現われるアフリカ人女性のことである。本論中ではこの二人を「しゃべる女としゃべらない女」という形で対立的に示したが、実際にはそこにもうひとつの対立要素がある。実はこちらの方が本論全体では重要な意味を持つことになるのだが、それはこの章のなかに描かれたもうひとつの対立によって明らかとなる。それは、ロティの作品『アフリカ騎兵』に登場してくるフランス娘ジャンヌ・メリーとアフリカ・セネガルに住む現地の娘ファトゥー・ゲイという対立である。ここに第六章で詳述することになるドガ的な視点を持ち込めば、フランス娘であるジャンヌ・メリーの鼻筋の通った顔とアフリカ黒人娘であるファトゥー・ゲイの猿のような顔ということになろうか。第五章の表現を使うならば、一方にアポロンの像、もう一方にゴリラ（類人猿）を置くという容貌次元の対立構図である。実際、ファトゥー・ゲイはほぼ毎頁ごとに猿に喩えられている。しかし面白いことに、この第四章では、ドガがあれほど恐れ忌み嫌った猿のような顔の女にフランス男のジャン・ペーラルが次第に魅力を覚え、そのままその娘とともにその地に留まってしまうのである。どうしてアフリカの現地に留まってしまうのか、これに関しては十分に展開できたとは言い難いが、しかし重要なことは「次第に魅力を覚え」というところではないかと思う。猿にしか見えない顔のなかに、やがて次第に、さまざまな個性を見出してゆく過程と言い換えてもいいかもしれない。その意味では、第五章で扱った『お菊さん』の主人公であるヨーロッパ男性は日本の娘に執着していたにもかかわらず、結局は娘のなかに個性を見出すことができなかったと言えるであろう。この男はひたすら固定した対立構図に執着するばかりであった。執着するばかりといえば、第六章の主人公である画家ドガも同じである。そこにはロティが描いたジャン・ペーラルのような柔軟な視線はない。踊り子は猿のような顔をしているがゆえに悪徳が刻印された存在なのだという固定観念からドガは一歩も出ようとはしなかった。より正確には、踊り子は貧しい階級の娘なのだから猿のような容貌をしていなければならず、それがゆえに悪徳が刻印された存在なのだという一連の思い込みである。そこにドガの人間としての限界があると言えよう。

もとより、全部が全部、しなやかな思考を働かせることで、二者対立を止揚すべきだと言いたいわけではない。本書は啓蒙書でもなければ道徳の教科書でもないのだから。しかし重要なことはまず対立を見出すことではないか。ドガの場合でいえば、ドガ作品のなかに「鼻筋の通った顔」と「猿のような顔」というような対立を見出すことではないか。そこからドガにおける奇異なる存在との遭遇体験という視点を得ることができるはずだ。そしてこの視点がさらに広がり、当時のフランス社会の階級上のせめぎ合いという、より大きな文脈へと展開することも可能となるだろう。あるいは同時代の他のジャンルのなかに同じ主題を見出すことも可能となるだろう。いずれにせよ、まずは対立ありきである。本書はこうした視点から、まずは対立する要素に注目して、第一部の異界体験、第二部の異国体験、第三部の奇異なる存在との遭遇体験を論じてきた。そしてこうした体験のなかにこれまでのモノグラフ的な作家論では見出せなかった視点を見出そうとしてきたことを踏まえ、あえて本書の標題を多少仰々しく「「外部」遭遇文学論」とした。それが成功したかどうかは読者の判断を待つばかりではあるが、しかし少なくともそのアプローチに関しては成功したのではないかと信じている。

注

はじめに

(1) H・G・ウエルズ『タイムマシン』からの引用はすべてH. G. Wells, *The Time Machine*, in *Seven Science Fiction Novels of H. G. Wells*, Dover Publications, 1934による。本文中にその頁数のみを記す。日本語訳は、橋本槇矩訳（『タイム・マシン 他九編』岩波文庫、一九九一年）を参考したが、必ずしもそれに従ったわけではない。
(2) チャールズ・ダーウィン（島地威雄訳）『ビーグル号航海記（上・中・下）』岩波文庫、一九六〇年、中・六三頁。
(3) 福沢諭吉（富田正文校訂）『新訂 福翁自伝』岩波文庫、一九七八年、一一三頁。
(4) タイモン・スクリーチ（高山宏訳）『大江戸異人往来』丸善ブックス、一九九五年、三五頁。
(5) 松原岩五郎『最暗黒の東京』岩波文庫、一九八八年、一八―一九頁。
(6) 内田百閒『冥途・旅順入城式』岩波文庫、一九九〇年、一二〇頁。
(7) 同書、一二一頁。
(8) ジョナサン・スウィフト（富山太佳夫訳）『ユートピア旅行記叢書六 ガリヴァー旅行記』岩波書店、二〇〇二年、三〇八―三〇九頁。

第一章　死者の霊に向き合う作家たち――ハーン、ベケット、イェイツ

（1）平川祐弘「解説　鏡の中の母」（小泉八雲著・平川祐弘編『光は東方より』講談社学術文庫、一九九九年）三二七頁。以下はその頁数のみを本文中に記す。

（2）牧野陽子『ラフカディオ・ハーン――異文化体験の果てに』中公新書、一九九二年、一八〇―一八一頁。

（3）牧野陽子「「茶碗の中」――水鏡の中の顔」（平川祐弘編『小泉八雲　回想と研究』講談社学術文庫）一九九二年、二七四―二七五頁。以下はその頁数のみを本文中に記す。

（4）ラフカディオ・ハーンからの引用はすべて *The Writing of Lafcadio Hearn*, Houghton Mifflin Company, 1922 による。以下は略号を用い、「WLH8 : 321-322」のように、その巻数と頁数のみを記す。以下同様である。日本語訳は断わらない限りすべて講談社学術文庫版・小泉八雲名作選集全六巻を使用した。なお紙幅の関係上、初出のみ訳者名を記載した。

（5）Samuel Beckett, *En attedant Godot*, Editions de Minuit, 1952, p. 126. 日本語訳は安堂信也・高橋康也訳（『ゴドーを待ちながら』白水社、一九九〇年）による。

（6）Ibid., p. 74.

（7）Ibid., pp. 87-88.

（8）Ibid., pp. 86-87.

（9）Samuel Beckett, *L'Innommable*, Editions de Minuit, 1953, p. 213. 安藤元雄訳（『名づけえぬもの』白水社、一九九五年）による。

（10）W. B. Yeats, *Selected Plays*, Penguin Books, 1997, pp. 261-262. 日本語訳は松田誠思訳（『イェイツ戯曲集』山口書店、一九八〇年）による。

（11）Ibid., p. 256. 拙訳。

(12) 成恵卿『西洋の夢幻能——イェイツとパウンド』河出書房新社、一九九九年、一一四—一一五頁。
(13) 同書、一〇七頁。
(14) Samuel Beckett, *Molloy*, Editions de Minuit, 1951, p. 118. 日本語訳は安堂信也訳（『モロイ』白水社、一九九五年）による。
(15) Samuel Beckett, *Malone Meurt*, Editions de Minuit, 1951, p. 168. 日本語訳は高橋康也訳（『マロウンは死ぬ』白水社、一九九五年）による。
(16) Samuel Beckett, *Compagnie*, Editions de Minuit, 1985, p. 24. 日本語訳は宇野邦一訳（『伴侶』書肆山田、一九九〇年）による。

第二章　「耳なし芳一」の物語をめぐって——ハーン、アルトー、ゴッホ

(1) 平川祐弘監修『小泉八雲事典』恒文社、二〇〇〇年、六一六—六一七頁。
(2) 牧野陽子「『怪談』〈耳なし芳一〉について」『國文學　解釈と教材の研究』學燈社、一九九八年七月号、一二八頁。以下はその頁数のみを本文中に記す。
(3) 西成彦『ラフカディオ・ハーンの耳』岩波書店、同時代ライブラリー、一九九八年、一七七頁。以下はその頁数のみを本文中に記す。
(4) 兵藤裕己『琵琶法師——〈異界〉を語る人びと』岩波新書、二〇〇九年、一九頁。以下はその頁数のみを本文中に記す。
(5) この一節は、講談社学術文庫版・小泉八雲名作選集『怪談・奇談』（一九九〇年）に収録された原拠から引用したものである。該当頁は三六四頁。
(6) 遠田勝「転生する女たち——鴻斎・ハーン・漱石再論」（平川祐弘・牧野陽子編『講座小泉八雲Ⅱ　ハー

ンの文学世界』新曜社、二〇〇九年）一一六頁。
（7）同書、一一六―一一七頁。
（8）仙北谷晃一『人生の教師　ラフカディオ・ハーン』恒文社、一九九六年、二二四―二二五頁。
（9）同書、二二五頁。
（10）遠田勝「傷ましい仲裁《とりなし》の物語――「破られた約束」「お貞の話」「和解」を読む」『文学』〈特集＝ラフカディオ・ハーン再読〉岩波書店、二〇〇九年七・八月号、三〇頁。
（11）平川祐弘『小泉八雲　西洋脱出の夢』講談社学術文庫、一九九四年、一三四頁。
（12）ブルフィンチ（野上弥生子訳）『ギリシア・ローマ神話　付インド・北欧神話』岩波文庫、一九七八年、二四八―二四九頁。なお文脈を整えるために、野上訳ではオルペウスとあるところをオルフェウスとした。さらに付け加えれば、オウィディウス作で名高い『変身物語』にも、オルフェウス（ここはオルペウスのまとした）の死後に関し、ブルフィンチとほぼ同様な記述がある。参考までに、その記載がある「巻十一」の一部を以下に引用する。

「オルペウスの霊は、地下へくだった。前に見た場所は、ことごとく身覚えていた。死者たちの「楽園」を探しまわり、エウリュディケを見つけ出すと、こらえきれないで、ひしと腕にだいた。ここで、ふたりは、並んで散策しているかとおもえば、たがいに、あとになったり、先になったりもしている。いまでは、オルペウスも、愛するエウリュディケを振り返るのに、何の不安もないのだ。」（オウィディウス〔中村善也訳〕『変身物語』岩波文庫、一九八四年、下巻、一一四頁）

（13）アントナン・アルトーからの引用はすべて *Œuvres Complètes d'Antonin Artaud*, Gallimard による。以下は略号を用い、「OC13 : 30」のように、その巻数と頁数のみを記す。ただし第一巻のみは二分冊となっているので便宜上「OC1-1」とし、その後に頁数を記し、「OC1-1 : 206」とする。日本語訳はすべて拙訳である。なおこの作品に関しては篠沢秀夫訳（『神経の秤・冥府の臍』現代思潮社、一九七一年）も参照した。
（14）平川前掲書、三四一頁。
（15）アルトーがゴッホについて書くようになるきっかけは、スティーヴン・バーバー（内野儀訳）『アントナン・アルトー伝――打撃と破砕』（白水社、一九九六年、二〇六―二〇九頁）によれば、一九四七年一月末、友人がアルトーに、パリ・オランジュリー美術館で開催中のゴッホ展覧会について文章を書くように勧め、その際、その友人はアルトーに、ゴッホの精神状態についてある医者が診断を下している新聞記事を示した、するとアルトーはこの記事を読んでひどく怒り、早速、二月二日、ゴッホ展に出かけたことであるとのこと。言うなれば、精神科医たちへの怒りがアルトーにゴッホ論を書かせる動機になったというわけである。アルトーとゴッホの出会いは、たしかにこの通りだとしても、この出会いを通じて、アルトーはもうひとりの「芳一」を見出すことになったのではないか、というのが本論の主旨である。
（16）兵藤裕己「ラフカディオ・ハーンと近代の「自我」――伝承ということ」『文学』〈特集＝ラフカディオ・ハーン再読〉岩波書店、二〇〇九年七・八月号、六―七頁。
（17）この作品に関しては粟津則雄訳（『ヴァン・ゴッホ』筑摩叢書、一九八六年）をほぼ参照した。ただし論の展開上、多少改めた。
（18）言うまでもなく、これはすでに第一章において「日本海の浜辺で」から引用した一節である。
（19）高階秀爾『ゴッホの眼』青土社、二〇〇五年、一九〇頁。以下はその頁数のみを本文中に記す。
（20）ゴッホの手紙はすべて *Vincent van Gogh : Correspondance Générale*, 3 vols, Gallimard, Collection《Biblos》, 1990 による。以下は略号を用い、「CG3 : 72. 474」のように、その巻数と頁数および書簡番号のみを記す。日本語訳は基本的には拙訳である。ただし『ファン・ゴッホ書簡全集』（二見史郎・宇佐美英治ほか訳、全六巻、みすず書房、一九八四年、および『ファン・ゴッホの手紙』（二見史郎編訳・国府寺司訳、みすず書房、二〇〇一年）を随時参照した。さらに実際に訳す際には『ゴッホの眼』において高階秀爾が訳している文章をかなり活用した。

(21) 水之江有一『図像学事典』岩崎美術社、一九九一年、二〇六頁。

(22) *Vincent van Gogh : Les lettres*, 6 vols, Edition critique complète illustrée, Actes Sud, Van Gogh Museum Huygens Institute, 2009, tome5, p. 287.

第三章　「帰還しない旅」の行方——「夏の日の夢」を読みながら

(1) 平川祐弘「日本への回帰か、西洋への回帰か——ハーンの『ある保守主義者』」（平川祐弘編『異国への憧憬と祖国への回帰』明治書院、二〇〇〇年）二八頁。

(2) 平川祐弘『破られた友情——ハーンとチェンバレンの日本理解』新潮社、一九八七年、三〇〇頁。

(3) ラフカディオ・ハーンからの引用はすべて *The Writing of Lafcadio Hearn*, Houghton Mifflin Company, 1922による。以下は略号を用い、「WLH7 : 421-422」のように、その巻数と頁数のみを記す。日本語訳は断わらない限りすべて講談社学術文庫版・小泉八雲名作選集全六巻を使用した。なお紙幅の関係上、初出のみ訳者名を記載した。

(4) 平川祐弘『破られた友情』二二四頁。

(5) 西成彦『耳の悦楽——ラフカディオ・ハーンと女たち』紀伊國屋書店、二〇〇四年、一二五頁。

(6) 来日第二作目である *Out of the East*（一八九五年刊行）は、従来『東の国から』と訳されてきたが、平成十一年に刊行された講談社学術文庫版・小泉八雲名作選集『光は東方より』の解説において「鏡の中の母」と題する見事なハーン論を記した平川祐弘は、そのなかで、Out of the Eastという英語は「光は東方より」(Lux ex Oriente) というラテン語表現の後半を踏まえたものである以上、『光は東方より』とすべきであると述べている。これを踏まえ、ここでは、『東の国から』ではなく、『光は東方より』とする。

(7) 仙北谷晃一『人生の教師 ラフカディオ・ハーン』恒文社、一九九六年、一三〇頁。

(8) 同書、二六六―二六七頁。

(9) 西成彦『森のゲリラ 宮沢賢治』岩波書店、一九九七年、一三六頁。

(10) この作品において、マーロウ (Marlow) が初めてクルツ (Kurtz) の存在を実感するのは、奥地の出張所から帰還すべきはずのクルツがどういうわけか、途中で再び奥地にひとり戻って行ってしまったという話をたまたま耳にした瞬間である。そのときマーロウは「僕としても初めてクルツを見たような気がした。鮮やかな映像だった。丸木舟、四人の原住民の漕ぎ手、そして突如として本部に背き、交代になることを拒み、おそらくは故郷への思い出にさえ背を向けて、あの荒野の奥地、荒涼たる無人の出張所に向かって進んで行く一人の孤独な白人の姿。動機は僕にも分からなかった」と思うのである。Joseph Conrad: *Heart of Darkness*, ed. Robert Kimbrough, W. W. Norton, Norton Critical Edition (Third Edition), 1988, p. 34. なお日本語にするにあたって、中野好夫訳(岩波文庫、一九五八年)を利用した。Kurtz の読みも慣例に従ってカーツではなくクルツとした。

(11) Ibid., p. 68.

(12) 西前掲書、一三四―一三五頁。

(13) 田所光男は、その論文「〈良き野蛮人〉論の強みと弱み」において、「〈良き野蛮人〉のテーマとは結局のところ、植民地化とは別なやり方でヨーロッパが非ヨーロッパ世界を利用しているのにすぎないのだ」と述べている。佐々木英昭編『異文化への視線』名古屋大学出版会、一九九六年、二一一頁。

(14) ポール・ボウルズ(四方田犬彦訳)『優雅な獲物』新潮社、一九八九年、二二一頁。

(15) 平川祐弘編『異国への憧憬と祖国への回帰』四二一頁。

（16）西成彦『耳の悦楽』二二七―二二八頁。
（17）同書、二二八頁。
（18）Ichiro Nishizaki, "New Hearn Letters from the French West Indies"『お茶の水女子大学人文科学紀要』第一二号、一九五九年、六六頁。ただし遠田勝「書簡が語る八雲の生涯」（『無限大』八八号、〈特集＝ハーン、百年後の解釈〉一九九一年夏号）をその訳も含めて参照した。またポール・マレイ（村井文夫訳）『ファンタスティック・ジャーニー』（恒文社、二〇〇〇年）には「二度目にマルティニークに到着してから一カ月とたたぬうちに、ハーンは紀行からオリジナルな作品づくりへと方向を変換している。「リス」は新たな虚構の小説の試みであり、熱帯のクレオールの若い女性が、寒冷な北の世界に身をさらすという話である」（一八四頁）という記述もある。
（19）Ichiro Nishizaki, Ibid., p. 80 から判断する限り、破棄した「リス」の一部は短編作品「リス」に使われたと考えられる。またポール・マレイ前掲書に、「結局は、この物語を平明なありのままの事実の観察を書き留めたものに書き直し、それは『仏領西インド諸島の二年間』の最終章となっている」（一八五頁）という記述がある。ただしEdward L. Tinker, *Lafcadio Hearn's American Days*, Dodd, Mead and Company, 1925, p. 292 によれば、それは前作の単なる抜け殻に過ぎないとのことである。
（20）短編作品「リス」の日本語訳は、平井呈一訳（『仏領西インドの二年間』恒文社、一九七六年）を参照したが、必ずしもそれに従ったわけではない。
（21）西成彦『耳の悦楽』八七―八八頁。
（22）エリザベス・スティーヴンスン（遠田勝訳）『評伝ラフカディオ・ハーン』恒文社、一九八四年、二二七頁。なおEdward L. Tinker, Ibid., p. 292 にも同様な記述がある。
（23）Ichiro Nishizaki, Ibid., p. 7.

(24) 西成彦『耳の悦楽』七八―八一頁において、西は「夏の日の夢」のこの箇所を取りあげながら、「竜神信仰」に関して詳しく論じている。

第四章　ピエール・ロティ、あるいは未だ発見されざる作家

(1) 第三章で使用した Joseph Conrad, *Heart of Darkness*, ed. Robert Kimbrough, Norton Critical Edition (Third edition), 1988 をこの章でも使用する。日本語にするにあたっても、第三章と同様、中野好夫訳を利用した。

(2) Chinua Achebe, *An Image of Africa : Racism*, in Conrad's *Heart of Darkness*, in Joseph Conrad, Ibid., p. 255.

(3) 西成彦『森のゲリラ　宮沢賢治』一三六頁。

(4)『闇の奥』にある典型的な一節を引用しておく。日本語訳は中野好夫訳(岩波文庫、一九五八年)による。

「聳えるような樹林の群れ、はてしなく絡み合った巨大なジャングル、そしてその上には太陽が小さな火の球のようにかかっているのが見えた――完全な静寂が支配していた(中略)突然、叫び声、異様に大きな叫び声、まるで限りない荒涼さを思わせるような叫び声が不透明な大気の中にゆっくり湧き上がった。そしてまた止んだ。」(Ibid., p. 41)

(5) 西前掲書、一六六頁。

(6) Pierre Loti, *Le Roman d'un spahi*, ed. Bruno Vercier, Gallimard, collection《folio》, 1992, p. 146. この作品からの引用はすべて、通常フォリオ版と呼ばれて容易に入手可能なこの版による。以下は、「folio : 146」のように、略号を用いたうえで、本文中にその頁数のみを記す。なお日本語訳は渡辺一夫訳『アフリカ騎兵』(岩波文庫、一九五二年)を参照したが、必ずしも渡辺訳に従ったわけではない。

(7) 平川祐弘「祭りの踊り――ロティ・ハーン・柳田国男」（平川祐弘編『小泉八雲　回想と研究』講談社学術文庫、一九九二年）一八〇―二一四頁。

(8) たとえば、エドワード・サイード（板垣雄三・杉田英明監修、今沢紀子訳）『オリエンタリズム』平凡社ライブラリー、一九九三年、下巻、一二〇頁、あるいはアブデルケビル・ハティビ（渡辺諒訳）『異邦人のフィギュール』水声社、一九九五年、三四頁。

(9) これについては本書第五章を参照のこと。

(10) Pierre Loti, *Aziyad*, ed. Bruno Vercier, Flammarion, collection《GF》1989, p. 43. この作品からの引用はすべてこの版による。以下は、「GF : 43」のように、略号を用いたうえで、本文中にその頁数のみを記す。なお日本語訳は工藤庸子訳『アジヤデ』（新書館、二〇〇〇年）による。ただし主人公が自分を指す場合の呼称は、論旨の進行上、「ぼく」ではなく「私」、「ぼくら」ではなく「我々」とした。

(11) 新倉俊一ほか『フランス語ハンドブック』白水社、一九七八年、二四四頁。

(12) E. Benveniste, *Les relations de temps dans le verbe français*, in *Problèmes de linguistique générale*, Gallimard, collection《TEL》, 1966, tome 1, p. 239.

(13) Roland Barthes, *Pierre Loti :*《*Aziyad*》, in *Nouveaux Essais critiques* (1972) in *Œuvre Complètes*, Seuil, 1994, tome 2, pp. 1401-1411.

(14)「消滅の危機にさらされているトルコ」という点に関しては、『アジヤデ』の訳者である工藤庸子もその解説のなかで次のように記している。

「ピエール・ロティは「瀕死の病人」の臨終に立ち会っているという自覚をはっきりともっていた。（中略）異民族の女の悲劇と文明の終焉という二重の主題が、ヨーロッパの男の視点からあっけらかんと後ろめたさもなく、もっぱら美的な風景として描かれ提供されること――これが「帝国主義時代」の西欧が生

んだエキゾチズム文学の典型のひとつであった。」(『アジヤデ』前掲書、二九五―二九六頁)

(15) 物語の上では「イギリス海軍大尉ロティ」が主人公となっている以上、「私＝我々」という存在をロティ、「私」という存在をアリフとすべきであろうが、あえてヴィヨーとした。それは、この物語では主人公と書き手との乖離が十分ではないことに加えて、「イギリス海軍大尉ロティ」という設定が物語のなかで有効に機能しているとは思われないからである。言い換えれば、ロティがイギリス海軍大尉である必然性が物語の上からはまったく読み取れないということである。工藤庸子も訳者解説のなかで「小説論的にみれば、つくろいようのない破綻といわざるをえない」(『アジヤデ』前掲書、三一七頁)と述べている。したがって、より明確な図式を描くために、本文中にあるように、ヴィヨーとロティ＝アリフとした。

(16) 両者の関係をよく示している例をひとつ以下に引用しておこう。ただし本文の論旨を踏まえ、ここでは引用者注でロティの部分を補っている。

「こんな具合に、ときおり私は、トルコ人の役にしっくり入りこめぬようになっていた。アリフのターバンのしたから、ロティ〔ヴィヨー＝引用者注〕の耳の端がのぞいて見える。私は間抜け面して本来の自分に戻る。」(GF : 117)

(17) 荒木善太「砂漠と東方」『思想』岩波書店、一九九六年二月号、四六頁。

(18) Barthes, Ibid., pp. 1406-1407.

(19) この辺の記述は以下の書物、とりわけその第二章「行動」(Comportements) からその発想の多くを得た。Alain Buisine, *Tombeau de Loti*, Amateurs de Livres, 1988.

(20) これに関しては、蓮實重彥『凡庸な芸術家の肖像』(青土社、一九八八年)、ことにその第二部第一七章を参照のこと。

(21) Barthes, Ibid., p. 1401.

(22) あたかも筆者の論を予期していたかのように、ピエール・ロティはこの物語において実際に「水夫」と「アフリカ騎兵」とを同列に並べて語っているのである。
「水夫だとかアフリカ騎兵だとか、——こういう見離された人たちの一切、遠い大海原に、あるいは流謫の土地に、最も苛酷な、最も不自然な境遇の渦中に陥ってその生命を浪費しているあのすべての青年たちを考えてみるがよい。」(folio : 157)
(23) この辺の記述は以下の論文、ことにその第五章「男装したマダマ・バタフライ」に多く負っている。記して謝意を表わしたい。満谷マーガレット「ムスメたちの系譜——西洋人の見た日本女性」(川本皓嗣編『美女の図像学』思文閣出版、一九九四年)一七七—二四八頁。
(24)「怠惰な生活」を集約したような一節を以下に引用しよう。
「一種の精神的無気力、周期的に起こる無関心と忘却、目覚めると急に甚だしい苦悩を生じせしめる、心臓の昏睡状態、これがこの三年間から得ることができたもののすべてであった。」(folio : 119)
(25) グリオに関しては、西成彦『ラフカディ・ハーンの耳』(岩波書店、同時代ライブラリー、一九九八年、三八—四三頁)を参照のこと。
(26) 平川祐弘は、注(7)で示した前掲論文のなかで、こうした点について以下のように触れている。
「チェンバレンが日本に住んで数十年、東洋音楽は雑音以外のなにものでもない、と確言して憚らなかったことを思うと、ハーンの日本音楽発見はやはり注目に値するのである。

しかしこの非西洋の音楽発見についても実はすでに先輩はいたのである。それはやはりロティで(中略)ロティは八十年後に川田順造氏がテープレコーダーを携えてした仕事を文筆でもって行なったのである。」(一九一頁)
(27) 平川前掲論文、二〇二頁。

（28）同論文、一八六頁。
（29）「ヘルンさん言葉」については、萩原朔太郎「小泉八雲の家庭生活」（『萩原朔太郎全集』筑摩書房、一九七七年、第一一巻）三六八―三八七頁、および平川祐弘『小泉八雲　西洋脱出の夢』（講談社学術文庫、一九九四年）ことにその二六―三七頁を参照のこと。
（30）西成彦『森のゲリラ　宮沢賢治』一六六頁。
（31）実際、彼女については次のように記述されている。
「そもそも彼女はそうとうに美人だったから、たとえ「裏切り者」と言われても、喰うに困ることはなかった。」(folio : 208)
（32）物語のほぼ末尾、ジャンの戦死に衝撃を受けたファトゥー・ゲイは、二人の間にできた幼児を絞め殺したうえで、自分は毒薬自殺をする。その場面をまず引用しよう。
「黄色い太陽がディヤンブールの平原に没する頃、断末魔の喘ぎも止まっていたし、もう子供も苦しんでいなかった。
ファトゥー・ゲイは、その硬直した腕に死んだ息子を抱きしめたまま、ジャンの体の上に横たわっていた。（中略）
その日の夕刻、ジャンヌの結婚の行列が、あのセヴェンヌ山麓のペーラル老夫妻の藁葺き屋根の家の前を通っていった。」(folio : 262)
この箇所に関し、工藤庸子は解説のなかで以下のように記している。
「家庭生活と市民生活への絶対的な帰依という前提があるときはじめて、とりあえずの反逆が（構造的に）可能になり、同時にこれが美的な主題ともなって、大衆の共感を呼ぶのである。
『アフリカ騎兵』では、こうした構図が『アジヤデ』以上に歴然とあらわれる。セネガルに駐屯するフランス軍の騎兵が（中略）自分につきまとう黒人の小娘のために出世の機会も帰国の機会も逃し、ついに実戦にまきこまれて死ぬというだけの話なのだが、貧しい老父母の住む故郷には、青年の帰国をまって嫁入りの話を断りつづける清純な乙女がいる。青年にとって黒人の娘（中略）の呪縛から解放されたいと願うとき、彼の心に浮かぶのは、清純な乙女を妻にむかえ平和な市民生活を営む自分の姿である。戦死した青年のかたわらで、絶望のあまり生まれたばかりの赤子を絞め殺し、毒をあおった黒人の娘が悶絶する。ちょうどその日の夕刻、乙女の結婚の行列が、主人公の老父母が住む藁葺屋根の家のまえを通っていった、という一文で、ドラマは終了する。

植民地とは、そこから祖国に帰還するために滞在するところだというブルジョワ社会の通念を、これほどあからさまに作品化することができようか。」（『アジヤデ』前掲書、三〇三—三〇四頁）

筆者がこれまで書いてきたことは、『アフリカ騎兵』にはこうした見方を逸脱するものがあるのではないかということである。工藤にとって、ファトゥー・ゲイは主人公につきまとい、主人公を呪縛する醜悪な黒人の小娘としか映らないだろうが、実はそうではないのではないか、というのが筆者の論旨である。

（33）Achebe, Ibid., p. 252.

（34）平川前掲論文、一九一頁。

第五章　「猿」をめぐる物語——ピエール・ロティの場合

（1）Tzvetan Todorov, *Nous et les autres — La réflexion française sur la diversité humaine*, Editions du Seuil, collection《Points》, 1989, p. 417.

（2）川本皓嗣「お菊さんと侯爵夫人——フランス人の見た日本人」（平川祐弘・鶴田欣也編著『内なる壁——外国人の日本人像・日本人の外国人像』ＴＢＳブリタニカ、一九九〇年）一〇九頁。

（3）Pierre Loti, *Madame Chrysanthème*, Flammarion, collection《GF》, 1990, p. 49, p. 45. この作品からの引用はすべてこの版による。以下は略号を用い、「GF：49」のように、本文中に頁数のみを記した。ロティの日本語訳は基本的には拙訳である。ただし前掲の川本論文における川本訳も参照した。なおこの箇所は論旨をより明確にするため順序を少々変更している。

（4）尹相仁『世紀末と漱石』岩波書店、一九九四年、二一八頁。

（5）吉見俊哉『博覧会の政治学——まなざしの近代』中公新書、一九九二年。

（6）川本前掲論文、一一〇—一一一頁。

（7）芳賀徹『大君の使節——幕末日本人の西欧体験』中公新書、一九六八年、六一—六二頁。

（8）Henry Rider Haggard, *Works of H. Rider Haggard*, Dover, 1951, pp. 2-3. 日本語訳は拙訳である。ただし大久保康雄訳『洞窟の女王』（創元推理文庫、一九七四年）を参照した。

（9）この箇所は、ヴィンケルマン（沢柳大五郎訳）『希臘芸術模倣論』（座右宝刊行会、一九七六年）および『西洋思想大事典』（全五巻、平凡社、一九九〇年）のなかの David Irwin（谷田博幸訳）による「新古典主義（美術における）」（二巻目、五八二—五九一頁）の項目を参照した。

（10）十九世紀後半の大ベストセラー作家であるジュール・ヴェルヌの作品『八十日間世界一周』（一八七三年）のなかに、日本がまるでホッテントットの国あるいは猿の国であるかのように記述されている箇所がある。つまり、ヴェルヌのこの小説では「日本＝ホッテントット＝猿」という極端な等式さえ成立しているのである。Jules Verne, *Le Tour du monde en 80 jours*, Livre de Poche, 1987, pp. 189-199. なおこれらに関しては、拙論「アジア・アフリカ人は人間と見られていたか?」（佐々木英昭編『異文化の視線』名古屋大学出版会、一九九六年、一六七—一八四頁）を参照されたい。

（11）ホッテントットという言葉は今日では使われていない。その意味では訂正すべき言葉である。しかしここではかつてそう呼ばれていたという歴史的事実を踏まえ、あえてこの言葉を使用する。

(12)「ホッテントット・ヴィーナス」をめぐる騒動については、『タイムズ』（一八一〇年十一月二十六日号と二十九日号）の「Law Report」と題する長文の囲み記事を参照し、それ以外に以下の著作および論文を参照した。

一、リチャード・オールティック（小池滋監訳）『ロンドンの見世物』（*The Shows of London*）（全三巻）国書刊行会、一九八九―一九九〇年。

二、Sander L. Gilman, *Black Bodies, White Bodies*, in "*Race*", *Writing, and Difference*, ed. Henry Louis Gates,Jr., The University of Chicago Press, 1986.

三、Stephen Jay Gould, *The Flamingo's Smile*, Penguin Books, 1991.

(13) Sander L. Gilman, Ibid. p. 231.

(14) こうした発想は以下の論文に負っている。本橋哲也「キャリバンと「食人」の記号」『ユリイカ』青土社、一九九三年一月号。

(15) この辺の事情はStephen Jay Gould, Ibid. およびスティーヴン・ジェイ・グールド（鈴木善次・森脇靖子訳）『人間の測りまちがい――差別の科学史』（河出書房新社、一九八九年）、さらには米本昌平『遺伝管理社会――ナチス近未来』（弘文堂、一九八九年）に詳しい。

(16) 米本前掲書、五一頁。

(17) ユルギス・バルトルシャイテス（種村季弘・巖谷國士訳）『アベラシオン――形態の伝説をめぐる四つのエッセー』バルトルシャイテス著作集第一巻、国書刊行会、一九九一年、五三―五四頁。

(18) Georges Cuvier, *Recherches sur les ossemens fossies de quadrupèdes*..., Chez Deterville, 1812, 4vols., reprinted by Culture et Civilisation, Bruxelles, 1969, tome1, pp. 105-106. また、キュヴィエによる「ホッテン

トット・ヴィーナス」の解剖所見（一八一七年発表）に関してはStephen Jay Gouldの前掲書 *The Flamingo's Smile*, pp. 295–299を参照している。

第六章　「猿」をめぐる物語——エドガー・ドガの場合

（1）ドガの生涯に関してはとりわけ以下の二つの書を参照した。第一に、*Degas, catalogue de l'exposition* (Galeries nationales du Grand Palais, Paris, 9 février–16 mai 1988), Editions de la Réunion des musées nationaux, 1988、第二に、パトリック・ベード（廣田治子訳）『岩波　世界の巨匠　ドガ』岩波書店、一九九四年。

（2）たとえば一八八一年にドガが「踊り子像」を提出したとき、ポール・ド・シャリという批評家は「「踊り子の画家」であるドガは今回、踊り子を描くのではなく、彫りあげたのだ」（『ル・ペイ』紙、一八八一年四月二十二日）(Charles S. Moffett et al., *The New Painting Impressionism 1874–1886*, The Fine Arts Museums of San Francisco, 1986, p. 361) と記している。ということは、もうこの時点でドガは「踊り子の画家」と言われていたのだろう。さらにもうひとつ引用する。Ambroise Vollard, *En écoutant Cézanne, Degas, Renoir*, Bernard Grasset, 1938. この一三〇頁において、晩年のドガは、画商のヴォラールに「人は私を「踊り子の画家」と呼ぶ。しかし人は、私にとって踊り子とはきれいな衣装を描いたり身体の動きを表現するための口実に過ぎないのだということがわかっていない」と語っているが、しかしこれが必ずしもそうではないということを、筆者はこの小論において示すつもりである。

（3）これは以下の書物のなかの「26　緑色の歌手」と題された絵に付された解説文から引用したものである。大岡信『新潮美術文庫25　ドガ』新潮社、一九七四年。

（4）パトリック・ベード前掲書、二二頁。

（5）この一節に関しては、英文学者富山太佳夫が青土社から相次いで刊行した『シャーロック・ホームズの世紀末』（一九九三年）と『ダーウィンの世紀末』（一九九五年）、さらには同じ英文学者の丹治愛が講談社から選書メチエの一冊として刊行した『神を殺した男——ダーウィン革命と世紀末』（一九九四年）に深く負っている。記して謝意を表わしたい。

（6）Edmond et Jules de Goncourt, *Journal*, Robert Laffont, tom. II, 1989, p. 570. 日本語訳は斎藤一郎訳（『ゴンクールの日記』岩波文庫、上巻、二〇一〇年）による。

（7）山根康愛「ドガ」（池上忠治責任編集『印象派時代』世界美術大全集第二二巻、小学館、一九九三年）一二六—一二七頁。

（8）平石昌子「ドガの女性イメージとフェミニズム」『美術フォーラム21』〈特集＝印象派研究大全〉醍醐書房、第七号、二〇〇二年十二月、六〇頁。

（9）E. H. Gombrich, *The Story of Art*, 16th edition, 1995, Phaidon Press, p. 527. 日本語訳は『美術の物語』（ファイドン・プレス社、二〇〇七年）を利用したが、必ずしもそれに従ったわけではない。

（10）小林秀雄『小林秀雄全作品22 近代絵画』新潮社、二〇〇四年、一六八—一七一頁。

（11）Joris-Karl Huysmans, "L'Exposition des Indépendants en 1881", *L'Art moderne*, in *Œuvres complètes de J.-K. Huysmans*, Slatkine Reprints, 1972, tome IV, pp. 248-249. 拙訳。

（12）Paul Mantz, "Exposition des œuvres des artistes indépendants", *Le Temps*, 23 avril 1881. ポール・マンツのこの記事は以下の書の三五八頁から引用した。Ruth Berson, *The New Painting–Impressionism 1874-1886*（*Documentation*）, Volume I, Reviews, Seattle, Fine Arts Museums of San Francisco and University of Washington Press, 1996. 拙訳。

（13）Elie de Mont, "L'Exposition du Boulevard des Capucines", *La Civilisation*, 21 avril 1881. エリ・ド・モン

のこの記事も Ruth Berson, Ibid., pp. 361-362 からの引用である。拙訳。

(14) Henry Trianon, "Sixième Exposition de peinture par un groupe d'artistes", *Le Constitutionnel*, 24 avril 1881. アンリ・トリアノンのこの記事も Ruth Berson, Ibid., p. 368 からの引用である。拙訳。

(15) ロンブローゾをドガが実際に読んでいたかどうか、これについては確実な資料がないので何とも言えないが、ただロンブローゾをはじめとする犯罪人類学を紹介する記事が、ドガの愛読していた週刊科学雑誌『*La Nature*』(一八七九年八月二十三日号)に記載されたことがあるので、そうした説をドガが知っていたことはほぼ確かであろう。これに関しては前掲 *Degas, catalogue de l'exposition*, 1988 の二〇八頁を参照のこと。なおロンブローゾの主著である『犯罪者論』(一八七六年)の仏訳が刊行されたのは一八八七年になってからである。

(16) Gina Lombroso-Ferrero, *Criminal Man According to the Classification of Cesare Lombroso*, G. P. Putnam's Sons, 1911, pp. xiv-xvi. 拙訳。

(17) ピエール・ダルモン(鈴木秀治訳)『医者と殺人者』新評論、一九九二年、一頁。

(18) ロンブローゾのこうした考えがいつ流布しはじめ、しかもそれがどの程度まで流布していたのかという問題に関しては、ダルモン前掲書および Robert A. Nye, *Crime, Madness, and Politics in Modern France*, Princeton U. P., 1984を参照のこと。ここでは一八八〇年代にはかなり流布していたとだけ記しておく。

(19) ダルモン前掲書、七三—七七頁。このなかでダルモンは「女性犯罪者と売春婦の調査に乗りだすまえに、ロンブローゾはこの両者を同じ疾病としてひとまとめにして(中略)ごくあっさりと一般論を提出している。その考え方は女性に好意的とはいえないが、当時の正統的な考えに近い」と述べている。

(20) アラン・コルバン(小倉孝誠・小倉和子・野村正人訳)『時間・欲望・恐怖』藤原書店、一九九三年、三—四頁。

(21) Comtesse Louise, "Lettres familières sur l'art", *La France nouvelle*, 1-2 mai 1881.「ルイーズ伯爵夫人」（Comtesse Louise）のこの記事も Ruth Berson, Ibid., p. 356 からの引用である。拙訳。

(22) エミール・ゾラの作品からの引用はすべて Emile Zola, *Les Rougon-Macquart*, Gallimard,《Bibliothèque de la Pléiade》, tome II, 1961 からである。この巻には『居酒屋』（*L'Assommoir*）と『ナナ』（*Nana*）がともに含まれているので、頁数のみを記す。この引用は一二六九頁。『ナナ』の日本語訳は川口篤・古賀照一訳（『ナナ』新潮文庫、上巻、一九六一年）を参考に、改めて訳した。

(23) Ibid., p. 1271.

(24) Ibid., p. 717.『居酒屋』の日本語訳は清水徹訳（集英社ギャラリー『世界の文学七　フランスII』集英社、一九九〇年）による。

(25) こうした発想の根底には、下層階級を「危険な階級」と見て、自分たちとは内面的にも外面的にもまったく異なる存在であると考えたブルジョワ階級の自意識があるだろう。詳しくはルイ・シュヴァリエ（喜安朗・木下賢一・相良匡俊訳）『労働階級と危険な階級』みすず書房、一九九三年、特に三九〇頁以下。

(26) いわゆる印象派展の設立およびその後をめぐる一連の動きなどに、ドガのそのような姿勢がよくあらわれているであろう。詳しくは注（1）に記載した書を参照のこと。

(27) パトリック・ベード前掲書、五頁。

(28) 同書、五頁。

あとがき

「はじめに」にも記したように、本書は、異質な存在との遭遇という点にテーマに絞って、幾人かの作家や画家について系統的に論じたものである。もともとは個別な関心に従って書いてきたものを、今回、「「外部」遭遇文学論」として、統一的な形でまとめたというのが正直なところである。しかしその際、このタイトルに沿って大幅な加筆修正を行なったことは言うまでもない。

こうしたことを考える最初のきっかけは、平川祐弘・牧野陽子編『講座小泉八雲Ⅱ　ハーンの文学世界』に収録された「死者の霊に向き合う作家たち——ハーン、イェイツ、ベケット」を執筆したことである。以前からハーンもベケットも読んでいたのだが、この論文執筆のためにいろいろ考えているうちに、その両者を結びつけるものとして「死者の霊に向き合う」ということが浮かんできた。そしてこうした観点からベケットの作品をもう一度検討するとそこに一本の線が通るように思えた。いわばハーンが補助線となって、ベケットのなかに新たな線が見えてきたというわけである。かくして、ハーンという補助線、とりわけ第一部第二章では——それが成功しているか否かはともかく――ハーンの代表作「耳なし芳一」の物語を用いてアルトーやゴッホにまで新たな線を引こうとしたのだが、いずれにせよ、ハーンという補助線を用いることによって、これまでとは違った風に見えてくる世界を論じたのが本書第一部である。

本書の第二部以降は、以前に書いていたものを再び新たな形で編成し直したものであるが、とりわけ第二部に収められた論考をまとめる上で、西成彦氏の『闇の奥』をめぐる考察と四方田犬彦氏のポール・ボウルズ論にはその発想の多くを負っている。記して感謝したい。しかしながらもっとも多く負っているのは平川祐弘氏の論文「祭の踊り――ロティ・ハーン・柳田国男」（平川祐弘編『小泉八雲　回想と研究』講談社学術文庫、一九九二年）である。このなかで平川氏が、盆踊りという舞台を通じてロティとハーンを結びつけてくれたことが拙論の最初のスタートである。本書のなかでは平川氏の論に対し多少反論めいたことを行なっているが、しかし平川氏のこの考察がなければあのようにロティを扱うことはできなかった。ただ深謝あるのみである。なおハーンについて考える上でもっとも多く負っているのは、本書のなかでもたえず言及していることで明らかなように、牧野陽子氏のハーン論である。牧野氏の論文は、ハーン論に限らず、読んでいて実に楽しい。比較文学という分野を専門とする人間として、牧野氏の論考は憧れである。意想外の参照物をさっと導入することで、論旨が新たな地平に拡がり出ることのダイナミズム、それが牧野氏の論の楽しさである。牧野ファンのひとりとして今後のさらなる活躍に期待すると同時に、記して、これまでの恩恵に厚くお礼申し上げる。本書第三部は全体のなかでもっとも遠い時期に書かれている論考を中心にまとめた。そのため全体の統一を整えるのに苦労した。ここには二つの章があるが、いずれも十九世紀後半のフランス社会における、国内外に向けられた階層の問題を表象論的な観点から扱ったものである。ともに「猿」のイメージが中心となっているが、ドガ論の方がうまく扱えたかと思う。これを学会などで発表した当時は先見的なものだったと記憶する。

なお、以下に論文の初出を記しておく。先にも述べたように、いずれも本書にまとめる際には大幅な加筆修正を行なった。

第一部

第一章　死者の霊に向き合う作家たち――ハーン、ベケット、イェイツ

〔原題・死者の霊に向き合う作家たち――ハーン、イェイツ、ベケット〕平川祐弘・牧野陽子編『講座小泉八雲Ⅱ　ハーンの文学世界』（新曜社、二〇〇九年一一月）収録

第二章　「耳なし芳一」の物語をめぐって――ハーン、アルトー、ゴッホ　書き下ろし

第二部

第三章　「帰還しない旅」の行方――「夏の日の夢」を読みながら

『比較文學研究』（東大比較文學會、第八五号、二〇〇五年四月）

第四章　ピエール・ロティ、あるいは未だ発見されざる作家

〔原題・ピエール・ロチ、あるいは未だ発見されざる作家〕『比較文學研究』（東大比

較文學會、第七二号、一九九八年七月）

第三部

第五章　「猿」をめぐる物語――ピエール・ロティの場合

（原題・ピエール・ロチのエグゾチスム、あるいは「猿」を巡るディスクール）『比較文学』（日本比較文学会、第三七巻、一九九四年三月）

第六章　「猿」をめぐる物語――エドガー・ドガの場合

（原題・ドガあるいは「猿」を巡る言説）『研究報告集』（日本フランス語フランス文学会　中部支部、第二二号、一九九八年五月）および（La Petite Danseuse de quatorze ans de Degas, ou une autre Nana）『*Etude de Langue et Littérature Françaises*』（Société Japonaise de Langue et Littérature Françaises, 第七四号、一九九九年）

本書の刊行のきっかけは平川祐弘氏である。先に触れた『講座小泉八雲Ⅰ』『講座小泉八雲Ⅱ』の刊行を記念し、東京早稲田の森の一隅で集まりがあった際――ここからは平川先生とお呼びすべきだと思うが――平川先生から新曜社編集部渦岡謙一氏を紹介いただいたことがはじまりである。平川先生にはその著作のみならずこうしたことまでお世話になり感謝の言葉もない。最後になったが、本書を父母と妹の霊に捧げたい。執筆しながらいつも想い浮べていたのは、昭和の終わりに相次いで病死した父母と妹のことであった。しかしそれは悲しみの想いに包まれてというのではない。

むしろ逆に、父母たちとともにあったことの幸福感を味わいながらである。もしかすると、この幸福感は「松山鏡」の娘が味わったものに近いかもしれない。そして妻にも感謝の思いを表わしたい。どうもありがとう。

こうした「あとがき」を記した後に、あの未曾有の大震災が生じた。父母たちとともに過ごした水戸の実家もかなりの被害を受けた。そのため、家屋をすっかり取り壊すこととなった。しかしその思い出は心の鏡に映ったまま消えることはない。

二〇一一年五月

大貫　徹

索　引

あ 行

か 行

さ　行

た　行

な 行

は 行

ま 行

や 行

著者紹介

大貫　徹（おおぬき とおる）

昭和28（1953）年，茨城県水戸市に生まれる。

東京大学大学院人文科学研究科博士課程（比較文学比較文化専攻）単位取得満期退学。現在，名古屋工業大学大学院教授。専門・比較文学。

著書：『異文化への視線──新しい比較文学のために』（共著，名古屋大学出版会，1996年），『工学倫理の条件』（共編著，晃洋書房，2002年），『日本文学の「女性性」』（共著，思文閣出版，2011年）。

新曜社

「外部」遭遇文学論
──ハーン・ロティ・猿

初版第1刷発行　2011年6月30日©

著　者　大貫　徹

発行者　塩浦　暲

発行所　株式会社 新曜社

〒101-0051 東京都千代田区神田神保町2-10

電話(03)3264-4973(代)・FAX(03)3239-2958

E-mail：info@shin-yo-sha.co.jp

URL：http://www.shin-yo-sha.co.jp/

印　刷　星野精版印刷　Printed in Japan

製　本　イマキ製本

ISBN978-4-7885-1241-2 C1090

好評関連書

平川祐弘・牧野陽子 編
講座 小泉八雲 全2巻
グローバル化のなかで時代の先端を行く作家として、ふたたび脚光を浴びるハーン＝小泉八雲。死後百年を機に行なわれた国際会議の成果も取り入れて斬新な全体像を提示する研究者必携書。
Ⅰ ハーンの人と周辺 四六判728頁7600円
Ⅱ ハーンの文学世界 四六判676頁7400円

遠田 勝 編
〈転生〉する物語 小泉八雲「怪談」の世界
ハーン怪談の名作「雪女」の起源は？ 伝承と創作との複雑怪奇な絡み合いを解明する。
四六判272頁
本体2600円

平川祐弘・鶴田欣也 編
「甘え」で文学を解く
鏡花、鷗外からばななまで、ドストエフスキー、カフカからヘミングウェイまでを読む。
四六判504頁
本体4500円

鶴田欣也 著
日本文学における〈他者〉
他者がいないといわれる日本文学のなかに他者のディスクールをたどる魅力的試み。
四六判512頁
本体4300円

鶴田欣也 著
越境者が読んだ近代日本文学 境界をつくるもの、こわすもの
北米の諸大学で多くの日本文学研究者を育て上げた著者の面目躍如たる近代作家論。
四六判450頁
本体4600円

小谷野敦 著
リアリズムの擁護 近現代文学論集
文学史的偏見を糺して、私小説、モデル小説、自然主義を評価しなおす挑発的論集。
四六判236頁
本体1900円

（表示価格は消費税を含みません）

新曜社